丛书

国学经典

【第二辑】

李清照集

（宋）李清照 著

苏缨 注释 毛晓雯 评析

长江出版传媒

长江文艺出版社

图书在版编目（ＣＩＰ）数据

李清照集 /（宋）李清照著 ；苏缨注释 ；毛晓雯评析.-- 武汉：长江文艺出版社，2021.10
（国学经典丛书. 第二辑）
ISBN 978-7-5702-0413-7

Ⅰ.①李… Ⅱ.①李… ②苏… ③毛… Ⅲ.①李清照（1084-约 1151）－宋词－注释 Ⅳ.①I207.23

中国版本图书馆 CIP 数据核字(2018)第 102157 号

李清照集
LIQINGZHAO JI

责任编辑：孙 琳　　　　　　　　责任校对：毛 娟
封面设计：徐慧芳　　　　　　　　责任印制：邱 莉　杨 帆

出版：长江出版传媒 ｜ 长江文艺出版社
地址：武汉市雄楚大街 268 号　　　邮编：430070
发行：长江文艺出版社
http://www.cjlap.com
印刷：湖北恒泰印务有限公司

开本：880 毫米×1230 毫米　1/32　　印张：5.625　　插页：4 页
版次：2021 年 10 月第 1 版　　　　2021 年 10 月第 1 次印刷
字数：91 千字

定价：32.00 元

目　录

003

点绛唇

　　蹴罢秋千①，起来慵整纤纤手。露浓花瘦，薄汗轻衣透。

　　见客入来，袜划金钗溜。②和羞走，倚门回首，却把青梅嗅。

【注释】

①蹴：踩、踏。唐代的秋千并不是今天儿童玩具那样的款式，亦即不是以坐姿、而是以站姿来荡的，双脚要踩在秋千板上。"蹴罢秋千"暗中点明了时令，这是很容易为今天的读者所忽略的：唐人荡秋千是一种很有民俗色彩的活动，多是在清明、寒食的时候，仿佛为春意所触发似的。杜甫《清明》诗中有所谓"万里秋千习俗同"，意即清明时节荡秋千在当时是一种举国流行的风俗。所以这首词以"蹴罢秋千"起首，虽不明言却将一个可爱少女的形象烘托在初春的氛围里。

②刬（chǎn）：光着。"袜刬"是指只穿袜而未穿鞋，而少女之所以如此，是因为"见客入来"，不及穿鞋而匆匆避走。因为仓皇的缘故，金钗也从头发上滑落了，是谓"金钗溜"。

【评析】

这首代表作是存疑的，如果确为李清照的作品，应作于她的少女时代。读罢全词，扑面而来的是青春：少女从秋千上下来，香汗浸润薄衣，稍作休憩。忽见生人闯入，慌忙中光脚逃走，却又忍不住回头，将目光在来人身上停留。可是怎能光明正大地回头呢？只好假装把青梅来嗅。故事戛然而止，定格在少女闻青梅那一低头的温柔——来人是谁？少女为何会含羞逃走？又为何会回头？这样一想，我们好像目睹了爱情第一次发生的现场。

本词的下阕尤为生动，刬、溜、羞、倚、嗅……词人精心挑选字眼，写出了宋词史上最健康活泼的女子。但清代词评家贺裳对这几句不以为然，他在《皱水轩词筌》中评价道："至无名氏'见客入来，袜刬金钗溜。和羞走，倚门回首，却把青梅嗅'直用'见客入来和笑走，手搓梅子映中门'二语演之耳。语虽工，终智在人后。"意即李清照（贺裳之所以说"无名氏"，乃因这首词的作者存疑）的名句不过是化用了唐代韩偓的名句，写得虽精巧，终是借用韩偓的构思，落于人后了。私以为贺裳的点评失之偏颇，李清照词与韩偓诗形似神不似："和羞走"是娇憨的少女情态，"和笑走"未免太豪迈；"却把青梅嗅"似小鹿般灵动纯洁，"手搓梅子"却藏着轻浮，李清照的改写高明许多。

由此也可见，创作殊为不易，一字之差，境界全不同。作家如同捕手，创作就是在语汇的丛林中寻觅，只有高级捕手，才能精准捕捉到那些非它不可的字眼。

鹧鸪天

暗淡轻黄体性柔，情疏迹远只香留。[①]
何须浅碧深红色，自是花中第一流。

梅定妒，菊应羞。画阑开处冠中秋。[②]
骚人可煞无情思[③]，何事当年不见收。

【注释】

①这是一首咏桂花的词，在传统分类中属于"咏物"一类。桂花花朵很小，隐藏在枝叶间很不易被人看到，然而香气浓郁，很远处就可以使人嗅到，词的前两句正是就桂花的这个特点而言的。

②画阑开处冠中秋：语出李贺《金铜仙人辞汉歌》"画阑桂树悬秋香，三十六宫土花碧"，意即桂花开时足以冠绝秋色。

③骚人：这里特指屈原。可煞：难道。思：这里读 sì。结尾两句是说屈原著《离骚》大量提及鲜花与芳草，却不知为何独独遗漏"自是花中第一流"的桂花？这是词人在为桂花鸣不平，借屈原作了一个很好的翻案文章。然而《离骚》明明写有"杂申椒与菌桂兮"之类的句子，似乎李清照要么读书未细，要么以为"菌桂"并非桂花。后者的可能性更大一些，因为在李清照的时代里，对"菌桂"最主流的解释是一种"香木"，大约就是今天炖肉用的肉桂吧。

【评析】

上阕写桂花的姿容与气味，下阕推桂花为群芳之首，群芳之首却不见《离骚》记载，性格爽快的李清照为之打起了抱不平。这首小词在李清照的作品里算不上格外耀眼，不过它的价值在于让我们看到了以李清照为代表的宋人的审美观。

北宋建立之后，当时的读书人迎来了自己的黄金岁月，国家始终贯彻"重文"的政策，为文人提供大量的职位、晋升机会以及前所未有的尊敬。宋朝文学家张耒诗云"从来书生轻武夫，坐遣挥毫写勋业"，张耒的本意虽是为武夫说话，却道出了一个社会现实，那就是宋朝社会对武夫的轻视；若是在唐朝，论及武人的诗断断不是这样写的，唐人写的是"宁为百夫长，胜作一书生"，当时被瞧不起的是书生，受膜拜的是武夫。勃兴的教育、发达的文官制度，使得宋代"高知"占总人口的比例暴增，风雅之士俯拾皆是，在城镇的任意街道推开小轩窗都能听到琅琅读书声。

由于全民文化水平的提高，整个宋朝都趋于文人审美，那便是含蓄，以清雅为珍，视简淡为高。关于这点，苏轼的言论最具代表性："大凡为文，当使气象峥嵘，五色绚烂，渐老渐熟，乃造平淡。"此话记录在周紫芝的《竹坡诗话》里，原是苏轼教育侄子如何搞文学创作的，意即人一开始做文章，总想写得文采斐然，待他慢慢磨砺、逐渐熟稔所有技巧之后，却会将文章写得平淡。一言以蔽之，过于浓烈的东西都不耐看，平淡终能超越绚烂，这个道理不仅适用于写文章，可说是美学的终极真理。

回到李清照的桂花词，她说"何须浅碧深红色"呢，谁说绚烂浓烈才是美？桂花，米粒大小的柔嫩花朵，清芬如水般流淌，不招摇，不放肆，美得安安静静——也只有好雅的宋人，最是懂得欣赏桂花含蓄的灵魂。这种推崇内敛、平和、恬淡的论调，有宋一代层出不穷。

浣溪沙

　　莫许杯深琥珀浓[1]，未成沉醉意先融。疏钟[2]已应晚来风。

　　瑞脑香消[3]魂梦断，辟寒金小髻鬟松[4]。醒时空对烛花[5]红。

【注释】

①莫许：不许。琥珀：琥珀色的酒。这一句是自说自话，要自己不要喝酒喝得太多。

②疏钟：远方传来的钟声。疏：远。

③瑞脑：今称冰片，作为中药之一味，古时多用作熏香的香料。"瑞脑香消"即熏香烧尽。瑞脑在古时亦称龙脑，据《唐本草》记载，它是婆律国（今文莱加里曼丹岛）的特产。这种香料产自一种高大粗壮的名为"龙脑香树"的乔木，是树脂凝结成的一种近乎白色的结晶体，香气经久而不散。陈敬

《香谱》记有一则轶事：唐玄宗天宝年间，交趾国进贡有瑞脑香丸，杨贵妃以其熏衣，十余步开外都能闻到香气。某日唐玄宗与某亲王对弈，乐工贺怀智弹琵琶助兴，杨贵妃在一旁观棋。忽然一阵风起，将杨贵妃的领巾吹落到贺怀智的头巾上，良久方落。贺怀智回家之后只觉得满身都有浓浓的香气，就解下幞头珍藏在锦囊之中。待安史之乱平定之后，玄宗回宫，对杨贵妃追思无极，贺怀智便献上了那幅珍藏多年的幞头，向玄宗奏明前事。玄宗流泪说道："此瑞龙脑香也。"与李清照生活在同一时代的陆游有诗"婆律一铢能敌国"（《秋日焚香读书戏作》），形容极少量的瑞脑香就价值连城。这虽然不乏诗人的夸张，但也足以见出瑞脑香的珍贵。李清照的词里常常出现当时上流社会的生活细节，透着一种优雅的贵态。

④辟寒金：据王嘉《拾遗记》与任昉《述异记》，三国年间，昆明国向魏国进贡嗽金鸟，这种鸟儿会吐出粟米一样的金屑。嗽金鸟耐不住魏国冬季的霜寒，魏帝便专门为它建造温室，名之为辟寒台。宫中女子争相以嗽金鸟吐出的金屑装饰钗珮，谓之辟寒金。词中以"辟寒金"代指发钗。词人因为酒醉，和衣胡乱睡去，醒来时发现发钗松脱了，发髻凌乱了，而任性地将发髻凌乱的缘故归罪于"辟寒金小"。

⑤烛花：古时的蜡烛一般是用羊油做成，烛芯烧着烧着有

时就会小小地爆裂一下，如同微型焰火，烛芯烧剩得太长时也要剪的，所以有"何当共剪西窗烛"（李商隐《夜雨寄北》）的"剪烛"之语。

【评析】

这是一首闺情词，写的是闺阁里美丽而哀愁的情形：女子劝自己莫要斟满杯、饮过度，然而，哪里需要琥珀色的美酒来醉人呢？还未曾饮几杯，满怀心事的自己已有醉态。当晚风送来远方苍凉的钟声，冰片燃尽，香气渐渐在空气中弥散，自己从美梦中醒来，发髻凌乱。天色已晚，无人做伴，只得观烛花解闷。

词写到这里为止，但女儿家的心事并没有结束。你可知道"观花烛"的意涵？那是古代婚礼中的一环。女方家里三日不熄烛，男方家里三日不娱乐，看着闪烁跃动的烛火，想念离别的亲人。自唐朝开始，"观花烛"这个环节渐渐变得愉快，好似元宵灯会，烛光流溢，灯火艳丽，人人都看得一脸幸福。**"万条银烛引天人，十月长安半夜春。步障三千临将断，几多珠翠落香尘"**——唐代诗人卢纶写的是公主大婚时"观花烛"的景象，平民自然无法布置出如此浩大的场面，但此风俗是自上而下全国统一的。"观花烛"令人想起的是姻缘与婚礼。词人不言闺阁女儿的忧愁，只说**"空对烛花红"**，就将女主角的寂寥推向高潮。

渔家傲

雪里已知春信至。寒梅点缀琼枝腻^①。

香脸半开娇旖旎。

当庭际。玉人浴出新妆洗。

造化可能偏有意。故教明月玲珑地。

共赏金尊沉绿蚁。^②

莫辞醉。此花不与群花比。

【注释】

①腻：光滑。

②金尊：精美的酒杯。绿蚁：代指酒。新酿的米酒未过滤时酒面有绿色的浮渣，其细如蚁，故称"绿蚁"。在李清照的时代虽然已有烧酒蒸馏技术，可以酿造高度白酒，但主流的饮酒习俗仍是饮用低度米酒。米酒以新酒为佳，白居易名句

"绿蚁新醅酒"正是指此。

【评析】

这首词应是作于李清照南渡之前，字里行间意气风发，无半点伤情。此词咏梅，上阕写雪中梅开，清瘦的梅枝缀上柔软洁白的雪，如浴后新妆的美人，风姿绰约又芬芳袭人，那是寒冷的天气里一抹化不开的春意。下阕写月下赏梅，天公有情，特地安排清澈月光笼罩大地，给梅花做陪衬。浩荡天地间一片皎洁空灵，需一醉方休才不辜负雪、月、花组成的良夜。上阕雪中梅，下阕月中梅，李清照在一首词里，安排了梅的两种绝配。

自古以来，梅花清奇的韵致令无数文人雅士为之折腰。李清照作为梅花的忠实拥趸，咏梅词一首接一首，写起来不知疲倦。宋人好雅，清瘦疏朗的梅格外符合他们的审美。如李清照一般喜爱梅花的宋人比比皆是，如宋代诗人范成大《梅谱》的开篇所写："梅，天下尤物，无问智贤、愚不肖，莫敢有异议。学圃之士，必先种梅，且不厌多，他花有无多少，皆不系重轻。"只要有了梅花，其他花卉皆可被视作无物，梅花神读至此段，大概会喜极而泣吧。

宋人爱梅爱到极致，甚至想到了吃。宋人食用梅花的方式颇多，可以做梅粥，如杨万里的诗所云："才看腊后得春饶，愁见风前作雪飘。脱蕊收将熬粥吃，落英仍好当香烧"（《落梅有叹》）；可以做蜜渍梅花，做法就记在林洪的《山家清供》里："剥白梅肉少许，浸雪水，以梅花酝酿之。露一宿取出，蜜渍之"；还可以生嚼，当时有一位铁脚道人，爱赤脚行于雪中，兴致来了就吟诵《南华经·秋水》一篇，时常嚼梅花满口，并和雪咽之，理由是"吾欲寒香沁入肺腑"……食法各个不同，不变的是爱赏梅花的风雅之心。

减字木兰花

卖花担上，买得一枝春欲放[1]。

泪[2]染轻匀，犹带彤霞晓露痕[3]。

怕郎[4]猜道，奴面不如花面好。

云鬓斜簪，徒要教郎比并[5]看。

【注释】

①一枝春：即一枝花。语出陆凯赠范晔诗："折梅逢驿使，寄与陇头人。江南无所有，聊赠一枝春。"

②泪：比喻花瓣上的露水。

③犹带彤霞晓露痕：意即买下的这枝花是清晨刚刚摘下的，花瓣上还带着新鲜的露水，有朝霞一般的颜色。

④郎：当时女人对丈夫或情人的称呼，语较亲昵。这个称呼是从"良"演变而来的，儒家经典《仪礼》有"媵衽良席

在东"一语，东汉大儒郑玄有注释说："妇人称夫曰良。"
"良"的这个义项并未随着"郎"的出现而完全消失，而是变
为"良人"，如李白《子夜吴歌》"何日平胡虏，良人罢远
征"。奴：第一人称代词，语较谦逊，多见于女子自称。其实
不论男女尊卑，当时都可以自称为"奴"。

⑤比并：当时俗语，意即"一起"。

【评析】

这首语气活泼到略显俗气的小词，应是李清照年少时所作。
上阕说从卖花担上买来一枝将开的花，艳丽如同美人，花瓣挂着
朝露就像美人带着清莹的泪痕——这就埋了伏笔，因为到了下
阕，美人要和花比美，定要情人道出胜负来。上阕到下阕，美人
对花的态度180度急转弯，喜爱变成担心，盛赞变成妒忌。这种
变化并不恼人，相反，它是一封俏皮的情书，写满对情人的在
乎。因为在乎你，所以害怕在你眼里花比我更美丽。恋爱中人格
外可爱，他们的忧虑、担心、恼恨，都是玫瑰色的。

读这首词，想起南宋王灼在词曲评论笔记《碧鸡漫志》中对
李清照的微词来。王灼起先盛赞她"自少年便有诗名，才力华
赡，逼近前辈。在士大夫中已不多得。若本朝妇人，当推文采第
一"，接着便是一大段絮絮叨叨的抱怨："（李清照）作长短句，

能曲折尽人意，轻巧尖新，姿态百出。闾巷荒淫之语，肆意落笔。自古缙绅之家能文妇女，未见如此无顾籍也。陈后主游宴，使女学士、狎客赋诗相赠答，采其忧艳丽者，被以新声，不过'璧月夜夜满，琼树朝朝新'等语。……其风至闺房妇女，夸张笔墨，无所羞畏，殆不可使李戡见也。"这段翻译过来，大意就是：李清照作词虽多有新巧花样，但过于放肆不羁，什么不入流的话都敢写。纵观历史上高门大户里的知识女性，没见过这么无所顾忌的。荒淫无耻的陈后主让女学士和狎客互相写诗，所写也不过是"璧月夜夜满，琼树朝朝新"之类的话而已。若是让厌恶元稹、白居易作艳语的唐代士子李戡看见本朝这些不知羞的才女，还不知何等痛心疾首呢！

笔者猜想，王灼大概就是读了李清照"怕郎猜道，奴面不如花面好"之类的词，才有了排山倒海的批评。其实，词评家不必如此严厉，艳丽之词只要不流于低俗，也别有一番风味。李清照这首《减字木兰花》，便是可爱远远多于轻浮呢。

怨王孙

湖上风来波浩渺，^①秋已暮、红稀香少。^②
水光山色与人亲，说不尽、无穷好。

莲子已成荷叶老，清露洗、蘋花汀草。
眠沙鸥鹭不回头，似也恨、人归早。^③

【注释】

①湖：即今天山东济南的大明湖。这首词描写湖上的秋景，应当是李清照早年的作品，所游之湖当为李清照家乡的大明湖。当时的大明湖水域辽阔，所以称得上"波浩渺"。

②红稀香少：形容花朵凋零，稀稀落落挂在枝头，花香也寡淡了。虽然"红稀香少"，但好在"水光山色与人亲，说不尽、无穷好"。

③眠沙鸥鹭不回头，似也恨、人归早：湖边沙岸上的水鸟自

国学经典丛书第二辑

顾自地睡觉，不理人，像是埋怨游人（这里是李清照自指）过早地离开。真实含义是：李清照还没玩够就离开了，感觉很遗憾。

【评析】

年少时的李清照，真是英姿飒爽。

时至暮秋，西风瑟瑟，草木凋零，道不尽的衰败、凄清。按照古典文学的惯例，骚人墨客只要提及暮秋，多发悲声。在这个时候出门游湖的李清照，接下来是按惯例感慨"数声雁送故乡愁，唤起沧江万顷秋"（赵希逢《和暮秋闻雁有怀》），还是痛惜"上有噪日蝉，催人成皓首"（孟郊《暮秋感思》），又或是哀叹"枫叶欲丹先惨澹，菊丛半倒不支持"（陆游《暮秋书事》）？错，通通都不是。

就算到了萧索的暮秋又如何？"红稀香少"也不打紧呵，词人年轻的心脏满是能量，蓬勃的青春叫她对世间一切都抱有充足的好感。湖光山色是亲人的，蘋花汀草是清新的，荷叶老朽之时，可口的莲子却恰好成熟了。就连闷头睡大觉的水鸟，词人也能谅解：它们并非不睬人，只是埋怨我没有在此处多赏玩一会子罢了……彼时的李清照，目之所及只有"无穷好"。

每次读完这首词，再读李清照作于晚年的《永遇乐·元宵》，对比"水光山色与人亲，说不尽、无穷好"与"如今憔悴，风鬟霜鬓，怕见夜间出去"，叫人心酸得几乎落下泪来。

浣溪沙

　　绣面芙蓉一笑开①，斜飞宝鸭衬香腮②。
眼波才动被人猜。

　　一面风情深有韵③，半笺④娇恨寄幽怀。
月移花影约重来⑤。

【注释】

　　①绣面芙蓉一笑开：形容美女的笑靥如荷花绽放。绣面：
女子贴在面部的一种装饰。芙蓉：荷花。以芙蓉形容女子的颜
面是唐代以来的审美传统，典型者如白居易《长恨歌》描写
杨玉环"芙蓉如面柳如眉"。

　　②宝鸭：鸭子形制的熏香香炉，这是富贵人家的常用器
物，大多做成飞禽走兽的样式，以鸭子和大象为最常见的形
制。熏香烧出的烟气往往就从这些动物造型的嘴里袅袅飘散出
来。但在这句词里，宝鸭如何斜飞，又如何能衬香腮，语意很

难梳理通畅。于是注家或以"斜飞"者为宝鸭散出熏香烟气，或以"宝鸭"为女子脸颊所贴的鸭形图案，或以"宝鸭"为有鸭形装饰的发钗。这些解释各有各的牵强，不如依照《历代诗余》的版本，以"斜飞"为"斜偎"，女子斜偎宝鸭，宝鸭衬着她的香腮，全然一幅慵懒而有情致的画面。

③一面：整个脸上。韵：兼有"美丽"与"风雅"的含义。

④笺：信纸。

⑤月移花影约重来：语出元稹《莺莺传》莺莺寄给张生的《明月三五夜》诗"待月西厢下，迎风户半开。拂墙花影动，疑是玉人来"，暗示着那"寄幽怀"的"半笺"里都是与恋人订下幽会之期的内容。

【评析】

上阕写女子与心上人幽会，熏香缭绕，眼波流转，笑靥如芙蓉盛开；幽会如此缱绻美好，下阕里女子才会寄信给心上人，悄悄相约再之期。词中没有辗转反侧，没有寝食难安，只有兴奋与喜悦，仿佛有铺天盖地的恋爱香气。整首词全然是小儿女情态，又甜又娇，以致学者们都怀疑它并非李清照的作品，比如赵万里在辑录《漱玉词》时就说它太过轻佻："词意俱薄，不类易安他作。"王仲闻则在《李清照集校注》里将该词列为存疑词。

其实人都有多面性，弱女不缺坏脾气，豪杰亦有柔情，有什么可奇怪呢？"至今思项羽"的是李清照，"惊起一滩鸥鹭"的是李清照，那"半笺娇恨寄幽怀"的，还是心思玲珑的李清照。以该词的水准而言，说是李清照的手笔并不意外。尤其是"眼波才动"一句，调皮灵动到令人叹息。清代词评家田同之在《西圃词说》中盛赞此句："词中本色语，如李易安'眼波才动被人猜'，萧淑兰'去也不教知，怕人留恋伊'，孙光宪'留不得、留得也应无益'，严次山'一春不忍上高楼，为怕见，分携处'。观此种句，即可悟词中之真色生香。"李清照的"眼波才动"与诸多温香软玉的句子一起，成了词体独特美感特质的代表。

如梦令

昨夜雨疏风骤^①，浓睡不消残酒。

试问卷帘人^②，却道海棠依旧。

知否，知否，应是绿肥红瘦^③。

【注释】

①雨疏风骤：雨点稀疏，风势迅疾。

②卷帘人：主流解释是"侍女"，但也有注家认为这是指李清照的丈夫赵明诚。两解皆通，而后一种解释更具闺房情趣——卷帘人并未注意细节，只看到"海棠依旧"，看不出"雨疏风骤"为花园带来的变化；屋内的人却心思细腻，不待看便晓得"应是绿肥红瘦"。

③绿肥红瘦：因为"昨夜雨疏风骤"的缘故，绿叶尤显繁茂，红花却凋落了不少。这是李清照极富独创性的名句。"肥"与"瘦"只是平常字眼，尤其是"肥"字，本粗俗难

以入诗，但一经妙手点化，却别有一番情趣。熟悉的场面因为这样的措辞而显得陌生了，这份陌生感给人带来新奇的审美感受，这正是美学上所谓"陌生化"的典范。

【评析】

每次读这首小令，都会想起世界上最短的科幻小说——*Knock*（《敲门声》），出自美国近代著名科幻小说家弗里蒂克·布朗之手："The last man on earth sat alone in a room. There was a knock on the door……"（译：地球上最后一个人独自坐在房中，此时忽然响起了敲门声……）仅用十七个单词，便完成了情节的铺陈及逆转，氛围全出，还留下巨大的想象空间，堪称奇迹般的写作。其实，早在几百年前，李清照已完成这样的奇迹写作。《如梦令》区区 33 个字，从昨夜写到今朝，从宿醉写到赏花，还出现了"我"与"卷帘人"两个角色，完成了两个回合的对话，对话里有问有答有反转，趣味满满。

另外，这首词设色很考究。无论是雨疏风骤，还是浓睡残酒，抑或是认为海棠依旧的卷帘人，前几句出现的人和事并无半分颜色，清清浅浅，无限近似于透明的存在。前面所有的淡，末了由浓烈的"绿肥红瘦"来总结，整首词在最后四个字里明媚了起来。

怨王孙

帝里^①春晚，重门深院。

草绿阶前，暮天雁断。

楼上远信谁传^②。恨绵绵。

多情自是多沾惹^③。难拚舍^④。

又是寒食^⑤也。

秋千巷陌^⑥，人静皎月初斜^⑦。浸梨花^⑧。

【注释】

①帝里：帝京，京城。

②楼上远信谁传：承接上文"暮天雁断"。大雁在古代文学意象里是传递书信的使者，"雁断"即大雁已经尽数飞去，"楼上"的书信便无法由大雁带给远方之人了。

③沾惹：宋代口语，意为"招惹"。多情自是多沾惹，意

即因为多情的缘故，一草一木皆会使自己触目神伤。

④拼舍：同"拼舍"，舍弃。

⑤寒食：寒食节，在清明节之前一二日，民俗禁火三日，只吃冷食。寒食节起源甚古，已经难于考索，一说源于古代钻木取火的习俗：当时的人们随着季节的变化而换用不同的树木以钻火，是为改季改火，改火之后要换取新火，在新火未至之时则禁止生火，只吃冷食，于是形成寒食节。寒食节最初长达一个月，后来缩减为三天。一说与大火星的运行有关，古有"出火"和"内（纳）火"之俗，所谓"出火"，是指大火星在黄昏时初见于东方的时日，所谓"内火"，是指大火星隐没于日光之中的时日。天上内火，人间便相应地禁火。禁火之俗后来又与晋文公纪念介子推的传说混淆在了一起，人们便以为寒食节是为了纪念介子推之死。穆修有诗："改火清明度，湔衫上巳连。"扫墓祭祖与踏青原本是寒食节的风俗，后来寒食节不传，这些活动便成为清明节的活动了。

⑥巷陌：街巷。

⑦斜：这里读 xiá。

⑧浸梨花：承接上文，意为梨花浸在如水的月光中。

【评析】

　　暮春，黄昏，芳草萋萋，庭院深深，门已锁，雁远飞——诸般景语皆情语，开头四句虽不言愁，却已布下忧愁的天罗地网，奠定全篇基调。上阕由远及近，先是恢宏的帝京，继而是寂寥的院落，然后把镜头拉至空无一人的阶前，景取得越来越小，孤单却逐渐被放大。接下来，女主角款款出场，登高怀远人，幽思无限。下阕由人及物，写多情之苦，写寒食夜离恨难解，到最后，一切归于溶溶月色。梨花在如水般倾泻的月光中盛放，美不胜收，但**"浸梨花"**的景致有多澄澈美好，不能与爱人分享良辰好景就有多哀痛。

一剪梅

红藕香残玉簟秋①，轻解罗裳②，独上兰舟③。

云中谁寄锦书④来，雁字⑤回时，月满西楼⑥。

花自飘零水自流。一种相思，两处闲愁。

此情无计可消除，才下眉头，却上心头。

【注释】

①红藕：荷花。簟（diàn）：竹席。"玉簟"形容竹席光洁润滑如玉。

②裳（cháng）：裙。古代衣服形制为上衣下裳，男女通行。

③兰舟：船的美称，特指小巧而精美的舟船。"兰舟"原

为"木兰舟"的简称，指木兰做成的舟船。木兰，又名辛夷。王维有名诗《辛夷坞》，读来是一番悠然的山居野趣，而另一方面，辛夷坞是王维自家庄园里的一处很能获利的地方，因为辛夷（木兰）的树干非常坚韧细密，还带有天然的香气，天然便防虫蛀，在古代便是一种高档木料。任昉《述异记》载：浔阳江中有一座木兰洲，洲中多生木兰树，这里的木兰树原本是吴王阖闾为了修建宫殿而栽种的；鲁班曾以木兰树作舟，这只木兰舟至今仍在木兰洲中。王嘉《拾遗记》亦有记载：汉昭帝终日在水上游宴，土人进贡了一只巨槽，汉昭帝认为桂楫松舟尚嫌粗重，何况这只巨槽。于是命人以文梓为船，木兰为桨，船头雕刻飞鸾翔鹢，乘此船随风轻漾，通夜忘归。

④锦书：代指书信，典出《晋书·窦滔妻苏氏传》：前秦秦州刺史窦滔被徙流沙，其妻苏氏织锦为回文旋图诗以寄窦滔，诗共八百四十字，循环往复皆可读，词意凄婉。

⑤雁字：大雁结队飞行，排成"一"字或"人"字，故称雁字。大雁在古代文学意象里是传递书信的使者。

⑥西楼：这是诗词里的常用意象，楼的方位不必一定在西。"西"是日落、月落的方向，且与秋天密切相关，故而有一种凄冷的氛围。李煜词有名句"无言独上西楼"，晏几道词亦有名句"醉别西楼醒不记"，读者可以从此中体会。

【评析】

这首词应是写于李清照婚后不久。一说赵明诚负笈远游，李清照不忍两人恩爱却分离，故作《一剪梅》送别。但全篇不见送别之语，故另有一说，认为这首词是夫妇分别之后李清照的怀人之作。笔者倾向于后一种说法。

在鉴赏词作之前，我们先了解一下《一剪梅》。这一词牌名最早见于北宋后期周邦彦创作的《片玉词》中。据《钦定词谱》卷十三记载："周邦彦词，起句'一剪梅花万样娇'句，取以为名。"虽然《一剪梅》究竟是什么调子，早已没人能说清。但当代学者刘崇德参照《九宫大成》，尽力"破解"《一剪梅》的曲谱，我们可以从刘崇德整理的《一剪梅》乐谱中略略感受其曲调特点，那就是优美、清亮、柔和、节奏舒缓。李清照选择《一剪梅》的调子给赵明诚填词，心中必是柔情万千。

上阕首句点明时节：荷花凋零，仅有一丝隐约的香气残余，夏日用的竹席也变得凉丝丝，染上了秋意。不过七个字，就描绘出了秋季降临时视觉、嗅觉、触觉三个方面的变化。次两句，写赵明诚离开之后，自己孤身乘船游兴，但哪有一点趣味呢？"罗裳"也好，"兰舟"也罢，美好的事物却无法唤起词人美好的情绪。上阕末三句写词人翘首以待爱人的书信，大雁排成"人"字归来，却没有捎回爱人的只言片语。

下阕首句"花自飘零水自流"照应上阕"红藕香残玉簟秋"，红藕先是香残，接着便走向生命的终结，随风凋落。这七个字丝毫不用力，便写出了年华易逝的飘零之感。次两句采用对偶，写得十分工巧，叙述自己与爱人分隔两地、彼此思念的状况。有了前面厚重的思念做铺垫，才顺理成章地有了"此情无计可消除"之叹。结句又用对偶，"愁"在眉头，更在心间，无法消除。

整首词不事雕琢、措辞清新，用不食人间烟火的词语，表达了最是人间烟火的情感。

玉楼春·红梅

红酥肯放琼苞碎^①，探著南枝^②开遍未。

不知蕴藉^③几多香，但见包藏无限意。

道人憔悴春窗底^④，闷损阑干愁不倚^⑤。

要来小酌便来休^⑥，未必明朝风不起。

【注释】

①红酥：胭脂一类的化妆用的油脂，这里用来形容红梅的颜色与质感。酥，原指酥油，即牛乳或羊乳制成的一种奶酪，可借以形容光润、细腻的特质，如陆游《钗头凤》名句"红酥手"，形容前妻唐婉的双手红润如酥。肯：曾肯、不肯，这是古汉语中称为"反训"的一种特殊修辞，一个字的实际含义与其字面义恰恰相反，如以"乱"训"治"，以"知"训"不知"，在诗词中相当习见。琼苞碎：以美玉碎裂比喻梅花

的花苞开放。

②著：语助词，现代汉语中简写作"着"。南枝：向南的花枝。南枝得到的阳光较北枝为多，故而开花较北枝为早。

③蕴藉：酝酿。

④道：知道。人：词人自指。"道人憔悴春窗底"意即梅花知道词人正在憔悴下去。"道"字的这个用法不很常见，这里举南朝吴均《咏雪》"零泪无人道"为例，很明显，这里的"无人道"就是"无人知"。

⑤闷损：闷坏。阑干：栏杆。

⑥要：通"邀"。休：语尾助词，无实义。

【评析】

这是一首咏梅词。上阕写红梅在天寒地冻里绽放，娇艳如胭脂，小小的花苞蕴藏多少馥郁、包含多少诗意。下阕写赏梅：主角困顿烦闷，连栏杆都无心倚靠。然而再大的忧愁也挡不住爱美的心，只想立即饮酒赏花，若待明日，明日怕是要起风了吧……收尾在这里，你几乎能看见词人不待墨迹干透便立即丢下笔，下一秒，就向红梅走去。

不止李清照酷爱梅花，彼时全民为梅痴狂，连带着插梅的容器都在宋代流行。提到最能代表宋人审美的陶瓷器，非梅瓶莫属。梅瓶的模样，许之衡在《饮流斋说瓷》里形容得很清楚："梅瓶，口细而短颈，肩极宽博，至颈稍狭窄，于足则微丰，口径之小仅与梅花之瘦骨相称，故名为梅瓶也。"现代学者考证梅瓶的用途时发现：盖上盖子，梅瓶便是贮酒器；揭下盖子，梅瓶就成了专插梅花的瓶器。能与疏影横斜、暗香浮动的梅相宜，梅瓶气质脱俗可想而知。说起来，梅瓶与宋代美人颇为神似，体态顾秀、气质清隽，它不是烈焰红唇、惊世骇俗的佳丽，却是记忆最深处的温柔。

庆清朝

禁幄低张，雕栏巧护，^①就中独占残春^②。

容华淡伫^③，绰约俱见天真^④。

待得群花过后，一番风露晓妆新。

妖娆态，妒风笑月，长殢东君^⑤。

东城边，南陌上，正日烘池馆，竞走香轮^⑥。

绮筵散日，谁人可继芳尘。^⑦

更好明光宫殿，几枝先近日边匀。^⑧

金尊倒，拚了尽烛，不管黄昏^⑨。

【注释】

①禁幄低张，雕栏巧护：词的上阕描绘京城芍药盛开的盛况以及京城人士对赏玩芍药的热情。芍药开时，皇家苑圃特意为它设置挡风的帷幄，使花儿在栏杆里、帷幄中得到精心的

护养。

②就中独占残春：正是这一句点明题咏的主角是芍药。芍药于季春开花，是时那些盛开在早春、仲春的花儿大多已经凋谢尽了，便由芍药"独占残春"。苏辙有诗"多谢化工怜寂寞，尚留芍药殿春风"，意即芍药盛开正为春天收尾，使爱花之人不会为春残无花而寂寞。

③容华：容颜。淡伫：淡然伫立。"伫"，《历代诗余》与四印斋本《漱玉词》作"泞"（nìng），"淡泞"即素雅、清淡。很可能"伫"即"泞"的传写之讹。"淡泞"是宋词中咏花的常用词汇，如王易简咏白莲有"芳容淡泞"，王安礼咏梅花有"梅好惟嫌淡泞"。

④绰约：语出《庄子》，原是形容少女的静婉姿态。天真：同样语出《庄子》，形容纯粹天然，毫无人工雕琢之态。

⑤殢（tì）：纠缠。东君：春天之神。

⑥轮：代指车。"香轮"即香车，富贵人家的车驾。

⑦绮筵散日，谁人可继芳尘：芍药既然"独占残春"，当芍药凋谢之后自然缺少后继者。绮筵：这里指到"东城边，南陌上"赏花的富贵人家摆下的豪奢筵席。

⑧明光宫殿：这是汉朝的宫殿名，这里用来代指皇宫。日边：喻指京城近地，天子脚下，帝王左右。"更好明光宫殿，

几枝先近日边匀"，这句词一语双关，字面上是说皇宫禁苑里的芍药因为得到更多的阳光，所以开花更早，花儿也更美些。这显然不合乎自然规律，但古人以日喻君，这便是很巧妙的、不着痕迹的吉祥话了。

⑨拚（pàn）：同"拼"。"拚"在"拼"的义项上有 pīn、pàn 两读，从词谱平仄来看，这里宜读作 pàn。"尽烛"一作"画烛"，因为在繁体字的写法上，"尽"（盡）与"画"（畫）形近易讹。无论"尽烛""画烛"都不影响语意之通顺，但以"尽烛"为优，因其更有"拼了"的意味。这一句写赏花赏到黄昏，兴致依然不减，便拿出蜡烛来尽情地焚膏继晷去了。蜡烛在当时是很昂贵的东西，只有富贵人家才可以这样毫不吝惜地使用。

【评析】

这是一首咏花词，通篇却只字不提吟咏的主角为何花，读者只能根据种种线索推断，词人吟咏的是芍药。

上阕极言人们对芍药的珍重和芍药的绰约风姿。开篇即说"禁幄低张，雕栏巧护"，这等戒备森严、爱护有加，主角未登场，你便知它的尊贵。"就中独占残春"一句，既点明芍药盛开在晚春，也称扬芍药知风情，独占最后一段春。次四句细细描绘芍药独特的姿容：群芳飘零时，它经过一夜风露，非但没有一丝倦容，反而更加清丽，如新妆的美人。后三句说芍药之美，凭一己之力留住春神。

下阕描写人们日夜玩赏芍药，整座城市为之喜欲狂。头四句写女子盛装打扮，争相乘车去看芍药。次四句接着盛况，慨叹当芍药花期过去，芍药宴散尽之后，还有什么花能继续带给人们惊喜和疯狂呢？还好明光殿蒙圣上恩泽，那里的芍药开得更早，花期更长。但花开总会迎来花败，所以结句里人们秉烛夜游，争分夺秒与芍药厮磨。

咏芍药，不提"芍药"之名，又字字句句不离芍药。这样的写法，即便表达热烈、措辞浓艳，也有种含蓄的美。

我们知道好雅的宋人欣赏清俊的梅花，但一派富贵气象的芍药也能俘获宋人的心吗？答案是肯定的，当时还出现了不少关于芍药的专著。宋代芍药品种多出于扬州，刘颁的《芍药谱》撰述时间最早，书中详记扬州地区芍药三十一种，还将一众芍药分为上下七等；孔武仲的《芍药谱》比刘颁所载多两种，共计三十三种芍药花，作者对芍药的品名、花形、色彩皆有详述；而王观的《扬州芍药谱》是当时唯一保存至今的芍药谱，也是中国现存最早的芍药谱，共计三十九种芍药花，冠绝一代。

宋人甚爱素淡简洁不假，不过这并不意味着珠光宝气就没了用武之地。且不说雍容华贵的芍药，看看宋人的日常器用便知。以政和二年（1112年）宋徽宗在太清楼为九位大臣举办的宴席为例，奸臣蔡京参会后发回的现场报道好一派富贵气象："出内府酒尊、宝器、琉璃、玛瑙、水晶、玻璃、翡翠、玉，曰'以此加爵'，致四方美味，螺蛤虾鳜白、南海琼枝、东陵玉药与海物惟错，曰'以此加笾'。"孟元老在《东京梦华录》中也记录了一场宋代的奢华寿宴，满桌尽带黄金色："御筵酒盏皆屈卮，如菜碗样，而有手把子。殿上纯金，廊下纯银。食器，金银丽漆碗碟。"现代考古挖掘鲜有宋代金银器出土，但无数史料证明，宋人使用金银器不比唐人少——由此可见，一个人尚且具有多面性，何况由许多复杂的人组成的社会呢？一个时代的审美，不可能一言以蔽之。

行香子

　　草际鸣蛩，惊落梧桐，①正人间、天上愁浓。

　　云阶月地②，关锁千重。

　　纵浮槎来，浮槎去，不相逢。③

　　星桥鹊驾④，经年才见，想离情、别恨难穷。

　　牵牛织女，莫是离中。

　　甚霎儿晴⑤，霎儿雨，霎儿风。

【注释】

　　①蛩（qióng）：蟋蟀。梧桐：梧桐叶落为入秋的征候，所谓一叶知秋。蛩鸣与梧桐落叶在这里都有点明时令的意义，为全词笼罩上一层忧郁的氛围。

　　②云阶月地：以云为阶，以月为地，这是人们想象中牛郎、织女在天上相会之所的样子。这一句也点明了七夕主题，

语出杜牧《七夕》诗"云阶月地一相遇，未抵经年别恨多"。

③浮槎（chá）：这是一则与牛郎、织女相关的典故，出自张华《博物志》：大海尽处即是天河，每年八月，海边有浮槎往返于天河与人间，从不失期。于是有人立志利用这个机会探访天河，便在槎上搭起了飞阁，阁中储满了粮食，向天河而去。一日豁然见到城郭和屋舍，举目遥望，见女人们都在织布机前忙碌，却有一名男子在水滨饮牛。问那男子这里是什么地方，男子回答："你回到蜀郡一问严君平便知道了。"这人回到人间之后便去拜访蜀郡的著名神算严君平，严君平道："某年某月，有客星犯牵牛宿。"算来这个时间正是他到达天河的日子，那位在水滨饮牛的男子自然就是天河之滨的牛郎了。

④星桥鹊驾：民俗七夕喜鹊架桥，使牛郎、织女渡银河相会。

⑤甚：是、正。词中以"甚"字领句时常是这个含义。霎儿：一霎，一会儿。

【评析】

这是一首咏七夕的小词：蟋蟀鸣叫，梧桐叶落，天上人间秋正浓，愁也正浓。天庭云做阶梯月做地，关卡重重，即使你如传说讲的那样乘上浮槎，也难以遇见牛郎织女。又到一年七夕，天河架起鹊桥，牛郎织女今夜相聚，接下来又是一整年的离情正苦。而此刻，他们莫非还未在鹊桥上聚首？所以天气才忽晴忽雨，如同那对离人悲喜交加的心。

将人们肉眼可见的天气现象，看作牛郎织女情绪变化的证据，李清照拥有斑斓的想象力。如此结尾，为这出亘古不变的悲剧添了一点趣味。另，据《问蘧庐随笔》记载，辛弃疾《行香子·三山作》里的"放霎时阴，霎时雨，霎时晴"就是脱胎于李清照此句。不过，前者仅仅是讲天气阴晴不定，比起后者的情感与想象力，略平淡了些。

南歌子

天上星河转^①，人间帘幕垂。

凉生枕簟泪痕滋。^②

起解罗衣聊问、夜何其。^③

翠贴莲蓬小^④，金销藕叶稀^⑤。

旧时天气旧时衣。

只有情怀不似、旧家时。

041

【注释】

①星河：银河。"星河转"表示时间在夜晚的推移。

②枕簟：竹制的枕席。"凉生枕簟"上承"天上星河转"，夜色愈来愈深，气温愈来愈低，于是词人在无眠中愈发感到寒意。泪痕滋：泪水愈来愈多。

③起解罗衣聊问、夜何其：这一句如果按照语意断句，应

当是"起解罗衣，聊问夜何其"。夜何其：问句，问夜已多深，语出《诗经·庭燎》"夜如何其，夜未央"。其，读作jī，是一个表示疑问的语气词，无实义。

④贴：一种刺绣手法，将图案事先剪裁妥当，贴在衣料上，四周用针线缝制轮廓。"翠贴莲蓬小"，即衣服上绣着绿色的莲蓬图案，因为衣服旧了，图案有磨损，故而莲蓬图案比先前的样子小了。

⑤销：销蚀。"金销藕叶稀"，即衣服上以金线绣出的藕叶图案因陈旧而褪色了。以上两句都在形容家道中落，词人只能翻检旧衣服来穿。由此推断，这首词应当作于南渡之后。

【评析】

这首词当作于赵明诚病故之后，李清照身处国破家亡的痛楚中，时常断断续续忆起南渡前的往事。上阕由景物写及人事，下阕睹旧物而感怀：天上斗转星移，人间帘幕低垂，夜色渐深，气温愈低，床铺亦有了寒意。我暗自垂泪，冰凉的泪痕印满枕席。起床解开罗衣，问此时夜已几更？旧罗衣上原本有着精致的莲蓬、荷叶图案，但经过长时间的使用，它已磨损褪色。看着旧衣衫，唏嘘不已：衣衫依旧，天气依旧，我的心情却不复旧时。

下阕句句都是家常语，读来却万分凄凉。"翠贴莲蓬小，金销藕叶稀"，家国沦陷，东京梦华早已消散在空气里无从捕捉，就连词人衣衫上的金线装饰，也一同凋零了。触目皆是从前的事物，但为什么找不回从前的快乐？物是，人已非。

多丽·咏白菊

小楼寒，夜长帘幕低垂。

恨潇潇、无情风雨，夜来揉损琼肌^①。

也不似、贵妃醉脸^②，也不似、孙寿愁眉^③。

韩令偷香^④，徐娘傅粉^⑤，莫将比拟未新奇^⑥。

细看取，屈平陶令^⑦，风韵正相宜。

微风起，清芬酝藉^⑧，不减酴醾^⑨。

渐秋阑^⑩，雪清玉瘦，向人无限依依。

似愁凝、汉皋解佩^⑪，似泪洒、纨扇题诗^⑫。

朗月清风，浓烟暗雨，天教憔悴瘦芳姿。

纵爱惜，不知从此，留得几多时。

人情好，何须更忆，泽畔东篱^⑬。

【注释】

①琼肌：美玉一般的肌肤，比喻白菊。

②贵妃醉脸：这是形容牡丹花娇红丰润的典故，出自李浚《松窗杂录》：某年春暮时分，唐玄宗在内殿观赏牡丹，问精通绘画的程修己道："如今京城里传唱的吟咏牡丹的诗作里，哪一篇是最流行的?"程修己答道："我听说公卿之间大多吟赏中书舍人李正封'天香夜染衣，国色朝酣酒'的诗句。"唐玄宗叹赏不已，笑对杨贵妃道："如果你在梳妆打扮的时候饮一盏紫金盏酒，那一定会出现李正封诗中的画面里了。"

③孙寿愁眉：孙寿是东汉权臣梁冀的妻子，不但美艳动人，更擅于婀娜作态。史载她发明出了愁眉、啼妆、堕马髻、折腰步、龋齿笑，很有媚惑的力量。所谓"愁眉"，就是将眉毛描出略带哀怨的样子。李清照在这首词里赞美白菊的自然之美，特意拿上述两种著名的人为雕琢之美来作反衬。

④韩令偷香：典出《世说新语》。韩令即韩寿，是晋代权臣贾充的僚属，有出众的仪表。贾充的女儿爱上了韩寿，把皇帝赐给父亲的珍奇熏香偷偷送给了他，两人于是私通，后来贾充闻见韩寿身上的熏香气味，就把女儿嫁给了他。

⑤徐娘傅粉：历史上并没有"徐娘傅粉"这样一个典故，而在诗词里一般与"韩令偷香"并称的是所谓"何郎傅粉"。

"徐娘"应为"何郎"之误。这属于很低级的错误，不像是李清照会犯的，大约是传抄造成的讹误吧。"何郎傅粉"典出《世说新语》，何郎即何晏，曹魏年间的社会名流。何晏是当时著名的美男子，肤色极白，以至于魏明帝总是疑心他擦了化妆品。于是在某个盛夏天气里，魏明帝特意请何晏吃热汤饼。何晏吃得大汗淋漓，而擦掉汗水之后，肤色只会更美。

⑥莫将比拟未新奇：意即无论韩令偷香也好，何郎傅粉也罢，都不宜与白菊相提并论。那么，究竟哪些人物、哪些典故才宜于与白菊相比呢？这就是下文将要解答的问题。

⑦屈平：屈原。先秦时代，贵族的姓名规则与秦汉以后不同。屈原并不姓屈，而是姓芈，芈姓有几大分支，每一个分支称为氏，屈原属于屈氏，名平，字原。秦汉之后，传统意义上的姓基本消失，氏变成了姓。陶令：陶潜，字渊明，因为他做过彭泽令，故称陶令。从语意上讲，这里应该写成"屈平陶潜"，但"潜"属平声，为了适合词牌的音律，便不宜称"陶潜"而宜称"陶令"。

⑧酝藉：即蕴藉，平和宽厚，含蓄内秀，多用来形容君子气质。

⑨酴醾（tú mí）：酴醾，现常写作荼蘼，开白花，杨万里有诗"冰为肌骨月为家"，恰可与白菊为比。

⑩秋阑：秋天即将结束。

⑪汉皋解佩：典出《列仙传》：江妃二女，不知道是什么人，经常出游于江汉水滨。郑交甫先生有一次遇到了她们，一见钟情，但还不知道她们是神仙。郑先生对仆人说："我想把她们的玉佩讨来。"仆人说："这一带的人都很善于辞令，您那些花言巧语未必管用。"但郑交甫色迷心窍，不听劝阻，径直走了过去。几番话下来，两位女子还真把玉佩解下来给了他。郑交甫把玉佩揣在怀里，得意得很。双方就此别过，郑交甫才走了几十步，想再看看玉佩，却突然发现怀里空无一物，回过头去，那两位女子也全然没了踪迹。

⑫纨扇题诗：汉成帝时，班婕妤受到冷落，凄凉境下以团扇自喻，写下了一首《怨歌行》："新裂齐纨素，皎洁如霜雪。裁成合欢扇，团团似明月。出入君怀袖，动摇微风发。常恐秋节至，凉飙夺炎热。弃捐箧笥中，恩情中道绝。"扇子材质精良，如霜似雪，形如满月，兼具皎洁与团圆两重意象，"出入君怀袖"自是形影不离，但秋天总要到的，等秋风一起，扇子再好也要被扔在一边。（后来纳兰性德据此写下了他那句最有名的"人生若只如初见，何事秋风悲画扇"。秋风画扇，是诗词当中的一个意象符号——扇子是夏天用的，等到秋风起了，扇子又该如何呢？）

⑬泽畔东篱：与上文"屈平陶令"呼应。"泽畔"是与屈原相关的典故，楚辞《渔父》有"屈原既放，游于江潭，行于泽畔，颜色憔悴"。"东篱"是与陶渊明相关的典故，陶诗名句有"采菊东篱下，悠然见南山"。"人情好，何须更忆，泽畔东篱"字面上是词人劝慰白菊不必留恋往昔的日子，实则是词人自己对自己的宽慰语。

【评析】

这首词咏白菊。虽说是词，却通篇采用赋的手法，洋洋洒洒地称扬白菊的方方面面。

开篇点明时节与气候，"小楼寒，夜长帘幕低垂。恨潇潇、无情风雨，夜来揉损琼肌"，秋夜漫长而寒冷，加上无情风雨，打落白菊，折损芳姿。"也不似、贵妃醉脸，也不似、孙寿愁眉。韩令偷香，徐娘傅粉，莫将比拟未新奇"，这几句接着风雨讲开去，饱经摧残的白菊不但没有变得丑陋，反而愈发清俊，既不像醉酒之后妖艳无朋的杨玉环，也不像故作愁态的孙寿。偷香的韩寿、傅粉的何郎，都不及白菊芬芳洁白。总之古今美人与白菊相比，通通败下阵来。古诗词中常见的做法是拿娇花衬托美人的容颜，李清照大胆创新，拉美人来给娇花作陪衬。描绘完白菊清丽的姿容，接下来便开始写白菊高贵的气质，"细看取，屈平陶令，风韵正相宜",认为只有屈原、陶渊明这样的高士才与白菊的精气神相宜。"微风起,清芬酝藉,不减酴醿",最后盛赞白菊的香气甚至不输给以芳香闻名的荼蘼。

下阕写秋天即将结束,菊花也即将凋残,却仍旧"雪清玉瘦,向人无限依依",好似对人间无限眷恋。即将凋谢的白菊,既像汉皋台下孤独的仙子,亦像长信宫内失宠的班婕妤,只能听任容颜日渐憔悴。纵然有人珍重白菊,但它历经雨打风吹,时日已无多。若人人知道惜菊,也不必总是怀念当年的屈原和渊明。与上阕一样,下阕也连用多个典故。用孤寂的美人和不得志的高士与白菊相比,白菊的清高呼之欲出。

全词共有十处用典,用典之繁,在李清照一众短小精悍、用语天然的词作中显得极为突出。想来也是因为词人对白菊爱得深沉,才会写得如此华丽又铺陈。

拓展一点,菊花的气味"清芬酝藉",容貌又"雪清玉瘦",堪称色香味俱全,于是善于精致生活的宋人顺理成章地将菊花引入了美食界。宋代有菊花羹,司马光专门为之撰就长篇颂歌——《晚食菊羹》诗,赞其"浩然养恬漠,庶足延颓年"。有菊花饭,宋代林洪《山家清供》中记录的"金饭"即用菊花与白米相杂煮成,黄白相间,煞是好看,菜谱如下:"采紫茎黄色正菊英,以甘草汤和盐少许,焯过,候饭少熟,投之同煮。"有菊花酒,如宋代朱翼中《北山酒经》所记，可将菊花直接浸泡在酿成的酒中，"白菊酒法：春末夏初收软苗阴干捣末，空腹取一方寸匕和无灰酒服之。若不饮酒者，但和羹粥汁服之亦得。秋八月合花收曝干，切取三大斤，以生绢囊盛贮，浸三大斗酒中，经七日服之。今诸州亦有作菊花酒者，其法得于此"；也可安排菊花参与酒液的发酵过程，"九月取菊花曝干，揉碎，入米馈中，蒸，令熟，酝酒如地黄法"。还有菊花冷淘。冷淘，即凉面，细长的形态与菊瓣相似，与菊瓣相拌在一起，口感格外和谐。北宋文豪王禹偁为甘菊冷淘专门作了一首诗："淮南地甚暖，甘菊生篱根。长芽触土膏，小叶弄晴暾。采采忽盈把，洗去朝露痕。俸面新且细，搜摄如玉墩。随刀落银镂，煮投寒泉盆。杂此青青色，芳草敌兰荪……"

我们不能品尝宋代的菊花系列美食，不过看文学家们用那么多素雅字眼描绘，便可知菊做成花馔味道清冽、甘醇。

如梦令

常记溪亭^①日暮，沉醉不知归路。

兴尽晚回舟，误入藕花^②深处。

争渡，争渡，惊起一滩鸥鹭。^③

【注释】

①溪亭：济南名泉，李清照家乡的名胜。

②藕花：荷花。

③争渡，争渡，惊起一滩鸥鹭：承接上文"兴尽晚回舟，误入藕花深处"，游玩得忘乎所以，天黑了才想起回家，却在情急之下迷了路，所以才会"争渡，争渡"，急忙催舟回返，结果动静搞得太大，"惊起一滩鸥鹭"。

【评析】

回忆年少轻狂的往事，你首先想起的是哪一桩呢？是鲜衣怒马、飒踏如流星，还是醉里挑灯看剑？对李清照而言，当是某个夏日饮酒晚归，闯入荷花深处，吓得鸥鹭仓皇离飞。

这首小词自然流畅，不像文人精心雕琢的作品，而像一个人正娓娓道出她经历的最快乐的事情——有一搭没一搭，她讲得漫不经心，你听得轻松惬意。你以为她还要抒发自深深处的心绪，她已讲完整个故事，告诉你"争渡，争渡"是多么畅快淋漓。这样活泼的收尾实在是有感染力，让人相信，无论世事如何变迁，悲喜如何轮番上演，李清照的心总有一部分，永远留在了那个惊起鸥鹭的夏日黄昏。

李清照这首《如梦令》也有民俗学上的意义，让我们穿越时空，看到北宋人如何消夏。"溪亭""回舟""藕花""鸥鹭"等词表明，在那个没有空调与电风扇的时代，人们常到大自然中寻觅清凉，乘舟游兴、亲近花鸟。北宋的夏天特别斑斓多姿，都城内大把大把休闲娱乐节目。孟元老《东京梦华录》卷八有一段诗意的描绘："都人最重三伏，盖六月中别无时节，往往风亭水榭，峻宇高楼，雪槛冰盘，浮瓜沉李，流杯曲沼，苞鲊新荷，远迩笙歌，通夕而罢。"京城中人看重三伏天，因为盛夏没什么节日，人们只有自己想方设法爽快一番：或是在风亭水榭，或是在楼台高阁，拿出冬日储存的冰雪降温，尝凉水浸过的甜瓜脆李，玩曲水流觞的游戏。喝酒、吃鱼、看花，倾听远近传来悠扬的歌吹

国学经典丛书第二辑

声。他们常常玩个通宵达旦，仿佛永远不会疲倦。在《东京梦华录》和李清照的《如梦令》里，北宋的夏天有着说不尽的风雅与绮丽。

青玉案

一年春事都来①几。

早过了、三之二②。

绿暗红嫣浑可事③。

绿杨庭院，暖风帘幕，有个人④憔悴。

买花载酒长安⑤市。

争似家山⑥见桃李。

不枉东风吹客泪。

相思难表，梦魂无据，惟有归来是。

【注释】

①都来：算来。

②三之二：三分之二。

③可事：小事。

④个人：那人，这里是词人自指。

⑤长安：代指京城。

⑥家山：故乡。

【评析】

这是一首存疑词，如果确为李清照的词，应是作于她年轻时。上阕写春天已过了三分之二，但面对郁郁葱葱、花红柳绿也无心赏玩。庭院深处，有人正为情思憔悴。下阕一转，憔悴之人不再沉默，殷殷劝说在外的游子：京城繁华，你买花载酒好不痛快，但是他方的享乐，怎么比得上故乡桃李争妍、岁月静好？若还不归来，春日暖风又要吹落你思乡的眼泪。相思无法倾诉，梦中相聚也是难事一件，唯有归家才是完美的解决方案。

这首词的特别之处在于，主角未刻意倾诉自己的苦闷、失落，而是着力于劝说心上人回家。不说"我想你"，只说此时的家乡桃李春风好美丽。只字不提"我"的孤寂，全站在"你"的角度分析。字字句句在讲道理，字字句句又都是深情，理与情自然交融，产生动人的说服力。

新荷叶^①

薄露初零，长宵共、永昼分停。^②

绕水楼台，高耸万丈蓬瀛。^③

芝兰为寿，相辉映、簪笏盈庭^④。

花柔玉净，捧觞别有娉婷^⑤。

鹤瘦松青，精神与、秋月争明^⑥。

德行文章，素驰日下^⑦声名。

东山高蹈^⑧，虽卿相、不足为荣。

安石须起，要苏天下苍生。^⑨

【注释】

①这是一首贺寿之作。从词意推断，寿星公是一位退休
高官。

②薄露初零，长宵共、永昼分停：点明寿星公的生日是在

秋分那天。分停：历算术语，意为平分。秋分那天，昼夜长度相等，是为分停。

③绕水楼台，高耸万丈蓬瀛：形容寿星公的居所有如仙境。蓬瀛：蓬莱、瀛洲，传说中的仙山。

④簪笏盈庭：形容前来祝寿的人都是达官显贵。簪笏：代指高官。"笏"即官员上朝时所执之笏板。

⑤觞（shāng）：一种酒器。娉婷（pīng tíng）：姿态美好，这里代指寿星公家中的侍女。

⑥鹤瘦松青：鹤与松都是长寿的象征，所谓松鹤延年。精神与、秋月争明：形容寿星公如秋月一般神清气朗。

⑦日下：代指京城。古人以日喻君，京城因此称为日下。

⑧东山高蹈：《世说新语·排调》载高灵与谢安语，谓谢安"屡违朝旨，高卧东山"，后人遂以"东山高卧"比喻悠闲隐居、不问世事。

⑨安石须起，要苏天下苍生：上承"东山高蹈"，安石即谢安，字安石。晋人见谢安高卧东山，不问世事，于是有"安石不肯出，将如苍生何"的说法，意即谢安如果不肯出山做官，天下苍生便得不到拯救。

【评析】

这是一首贺寿词。上阕交代祝寿的时间与情境。首句写寿星生日正值多露水又昼夜平分的秋分；第二句盛赞寿星的居所好似蓬莱仙境；第三句写祝寿的人个个身份高贵；第四句写寿星家中的侍女婀娜多姿——高洁的时分，清雅的居所，再加上尊贵的宾客、窈窕的侍者，所有元素结合在一起，衬托出寿星出尘脱俗的形象。下阕祝福寿星长寿如仙鹤青松，称扬寿星的文才与品行。末四句推向高潮：寿星如同东晋的谢安一般隐居山林，但天下黎民需要不爱名利爱苍生的高士来解救。这是恭维话，但也藏着李清照忧国忧民的真心。一句"安石须起，要苏天下苍生"，将李清照的寿词与通常歌功颂德的寿词区别开来。

那么，《新荷叶》所祝贺的寿星是谁呢？没有明确记载，有学者认为是朱敦儒。朱敦儒素有"词俊"之名，与"诗俊"陈与义等才子并称为"洛中八俊"，填词多作壮阔语。"我是清都山水郎，天教分付与疏狂"，以天神自居；"自歌自舞自开怀，无拘无束无碍"，目空一切；"不须计较苦劳心，万事原来有命"，洒脱坦荡。如果确实是为狂人朱敦儒贺寿，那么李清照将此词写得大开大合，向豪放派看齐也就不足为奇了。

忆秦娥

临高阁。乱山平野烟光薄。①

烟光薄。栖鸦归后，暮天闻角②。

断香残酒情怀恶。西风催衬③梧桐落。

梧桐落。又还秋色，又还寂寞。

【注释】

①临：登临。烟光薄：雾气淡淡弥漫的样子。

②暮天闻角：吴自牧《梦粱录》记载南宋都城临安风貌，谓丽正门外设有警夜守鼓的卫士，名为武严兵士，有二百只画鼓、画角，其角皆束有彩帛，如同小旗一般。兵士皆戴小帽、黄绣抹额、黄绣宽衫、青窄衬衫，于申时及三更时吹角击鼓。每一次先吹角二声，然后由一名军校手执一根软藤条号令击鼓。这根藤条上系着朱拂子，众鼓手看着拂子的指挥来击鼓，

随其高低，以拂子应其鼓声高下。

③催衬：宋代口语，即催趁、催促。词属于俗文学，所以口语较多。

【评析】

词一开头，主角伫立在高阁之上，眺望群山错落、雾气缭绕。沉郁的暮色里，有乌鸦回巢，画角哀鸣。先取大景，再取小景；先刺激视觉，再刺激听觉，将读者拽进黯然神伤的黄昏。转到下阕，黄昏从景物蔓延到主角的内心，"断香残酒情怀恶"，熏香燃尽不再续上，酒所剩无几也不再添满，天地万物都染上低落的情绪。主角看向梧桐，心情随枯叶坠跌。连用两个"梧桐落"，形成一种独特的节奏感，让人仿佛能看见梧桐叶簌簌摇落。整首词不用"凉"字，却字字透着凉意，通读下来，如同被裹挟在一阵萧瑟的秋风里。

醉花阴

薄雾浓云愁永昼，瑞脑消金兽①。

佳节又重阳②，玉枕纱厨③，半夜凉初透。

东篱④把酒黄昏后，有暗香盈袖⑤。

莫道不消魂，帘卷西风，人比黄花⑥瘦。

【注释】

①瑞脑：今称冰片，作为中药之一味，古时多用作熏香的香料。金兽：兽形的金属香炉，富贵人家所用的熏香工具。

②重阳：农历九月九日。古人分数字为阴阳，也就是今天所谓的奇数和偶数。奇数为阴，偶数为阳。九是阳数中最大的数字，所以被赋予了特殊意义。九月九日，两个最大的阳数重合在一起，所以设节日以纪念，是为重阳节。重阳节有登高、赏菊、饮雄黄酒的风俗。

③玉枕：玉石或高档白瓷制成的枕头。纱厨：纱帐、蚊帐。厨通"橱"。

④东篱：陶渊明有诗"采菊东篱下，悠然见南山"，东篱便因此成为和赏菊有关的意象。

⑤暗香盈袖：语出《古诗十九首》"馨香盈怀袖"，这里指因为"东篱把酒黄昏后"的缘故，菊花的幽香充盈了衣袖。这一句还可以有日常化的解释：宋代女子熨烫衣服，很喜欢在熨斗里加入熏香香料，衣服熨过之后自然会有"暗香盈袖"。

⑥黄花：菊花。菊花有很多种颜色，在古人而言，只有黄色才属于菊花的正色。这是因为菊花开在秋天，秋天在五行系统里属金，金有五色而以黄色为贵。

【评析】

这是一首浸着秋凉和菊香的词：云是凉的，雾是凉的，冰片燃起的烟是凉的；玉枕是凉的，纱帐是凉的，对远人的思念也是凉的。重阳佳节，把酒赏菊，清苦的香气染满衣袖，绵长的思念令人比菊更清瘦。结尾比喻新奇，出人意料。"莫道不消魂，帘卷西风，人比黄花瘦"，明明全句都是口语，写的也不过是日常事物，但"瘦"字一出，瞬间换了境界。关于此句，元代伊世珍还在《琅嬛记》里记了一则故事：李清照将《醉花阴》寄给丈夫赵明诚，明诚叹赏不已，又有些不服气，于是关门谢客三天三夜，连作五十首词与妻子一较高下。随后，赵明诚将词混在一起，请友人陆德夫品鉴。德夫品读良久，最后说只有三句称得上绝佳，那便是"莫道不消魂，帘卷西风，人比黄花瘦"。这个故事是否发生过，我们不得而知，毕竟是夫妻间的私房话、家庭内部的较量；但有这样的故事流传，已说明"人比黄花瘦"一句的优秀。

南宋胡仔在《苕溪渔隐丛话》中赞曰："有《九日》词云：'帘卷西风，人比黄花瘦。'此语亦妇人所难到也。"说结尾几句的词境是当时女作家难以抵达的。而明代徐士俊的称赞更上一层楼，撇开性别论，直接说"帘卷西风，人比黄花瘦"高绝到可以统领一代词人。

凤凰台上忆吹箫

香冷金猊①，被翻红浪②，起来慵③自梳头。

任宝奁④尘满，日上帘钩⑤。

生怕离怀别苦，多少事、欲说还休。

新来瘦，非干病酒⑥，不是悲秋。

休休⑦。这回去也，千万遍阳关⑧，也则难留。

念武陵人⑨远，烟锁秦楼⑩。

惟有楼前流水，应念我、终日凝眸⑪。

凝眸处，从今又添，一段新愁。

【注释】

①金猊：狻猊造型的金属香炉，为富贵人家的熏香用具。狻猊天性喜爱烟火，所以香炉常常用它来做造型。

②被翻红浪：形容锦被乱堆在床上，犹如红色的波浪。

③慵：慵懒。

④宝奁：精美的梳妆盒或首饰盒。

⑤帘钩：挂窗帘或门帘的钩子。

⑥干：关乎。病酒：醉酒，饮酒过量而身体不适。

⑦休休：罢了罢了。

⑧阳关：指古曲《阳关三叠》，送别的歌曲。

⑨武陵人：这是两个关于桃源的典故交叠来用。桃源之典通常有二，诗家多混用之：一是陶渊明《桃花源记》之武陵的桃花源，主题是世外隐居；二是刘义庆《幽明录》之刘晨、阮肇桃源遇仙女的桃源，主题是凡人与仙女的恋爱。前者是众所周知的故事，不待细讲。后者是说东汉时候，刘晨、阮肇进天台山采药，在桃溪边上遇到了两位美女，郎情妾意之下就住了下来。半年之后，这两位饱享艳遇的男人起了思乡之心，美女倒也体贴，指示给他们回乡之路，便由他们回去了。两人回到家里，才发现物是人非，家中已是自己的第七世重孙，这才知道在桃溪边遇到了仙女。再回山时，却再也找不到自己的露水妻子了。

⑩秦楼：代指女子的居所，这里指词人自己的住处。承接上文，这是以刘晨、阮肇比喻离家远行的丈夫，而自己独守秦楼，满怀愁绪地等待丈夫的归来。秦楼原指秦穆公女儿弄玉的

住处：有一位俊彦青年萧史擅长吹箫，秦穆公把女儿弄玉嫁给了他，夫妇二人一同修仙，终于乘鸾引凤，升天而去。

⑪凝眸：凝神注视。

【评析】

这首词大约作于赵明诚独自一人前往莱州赴任时。李清照没能同行，两人长时间分离。

词的上阕写离别前：炉中香已燃尽，锦被胡乱堆放，词人任由妆奁落满尘埃、日上三竿，仍是懒得梳妆打扮。开篇即用几桩日常琐事不露痕迹地表达即将与挚爱分离的无奈心情。接下来直叙自己复杂的心情，有对离别的恐惧，有在离别之际想要倾诉心曲却无从说起的郁闷。自己日渐消瘦，并非因为病酒或悲秋，而是因为此去山长水阔，相见难。

下阕写离别后：也罢，即使将送别之曲《阳关三叠》演奏千万遍，仍无法将伴侣挽留。离人渐行渐远，自己只能深锁闺中。"念武陵人远，烟锁秦楼"，词人在此不落俗套，连用两个相爱的典故比拟赵明诚与自己，将平凡夫妻之间的情意形容得格外绵长美丽。次两句词人感叹，我的惆怅无人知晓，只有楼前流水淙淙，倒映着我孤苦无依的身影与深邃的凝眸。其言浅情深，甚至让清代词评家张祖望将它列为词中痴语的代表："词虽小道，第一要辨雅俗，结构天成。而中有艳语、隽语、奇语、豪语、苦语、痴语、没要紧语，如巧匠运斤，毫无痕迹，方为妙手。古词中如……‘海棠开后，望到如今’‘惟有楼前流水，应念我、终日凝眸’‘蟋蟀哥哥，倘后夜暗风凄雨。再休来、小窗悲诉’，痴语也。”（清代王又华《古今词论》节选）——以张祖望摘选的痴语来说，李清照那两句为最佳，情感拿捏得刚好，减一分则太单薄，增一分则太做作。

这首词最妙的地方在于，词人写到"应念我、终日凝眸"，孤寂入骨，词似已结束，却又突然宕开一笔，"凝眸处，从今又添，一段新愁"，愁上加愁，余韵隽永。下阕结尾用"新愁"呼应上阕结尾的"新瘦"，思君令人瘦，思君令人愁。不管我"新愁"还是"新瘦"，皆因你不在。

浣溪沙

  小院闲窗①春色深，重帘未卷影沉沉②。倚楼无语理瑶琴。

  远岫③出云催薄暮，细风吹雨弄轻阴。梨花欲谢恐难禁④。

【注释】

①闲窗：既可以理解为有着幽闲气氛的窗子，也可以理解为有栅格的窗子。闲，繁体字的本字就写作"閑"，本义是木栅栏，宋元以后俗写为"闲"；而我们常用的"闲"，繁体字本来是"閒"。这本是两个不同的字，但简化以后都一样了。

②沉沉：幽深、幽暗的样子。

③远岫：远山。

④禁：禁止，这里要根据词谱平仄读作 jīn。

【评析】

小院、闲窗、帘幕、楼台，组成一个标准的闺阁情境。深院里春色正好、光影幽微，女主角默默倚楼，拨弄琴弦。远山云来云往，时光流逝，已近日暮。加上细风吹雨撩拨轻云，这个黄昏愈发黯淡昏沉。花期已过，凋落的梨花即将作雪飞，无人能挽留。整首词讲寻常易见的清明风物，人物只露了一次面，即弹奏瑶琴。但通读下来，却感觉主角无处不在，幽闭的小院是她的心情，层层帘幕是她的心情，被倚靠的小楼是她的心情，就连那远山的云、吹雨的风和将落的梨花，都是她无可排解的思绪。寂寥，已镌刻在每一样风物里。

这首词曾被明代李攀龙点评说："少妇深情，却被周君浅浅勘破。"周君是指北宋著名词人周邦彦，李攀龙误将这首词归于周邦彦名下，故有此评。那么，周邦彦是怎样的写作风格呢？婉约派集大成者，语言温厚端丽，虽常常选择香艳题材，描摹起来却无一不雅致。就算写秦楼楚馆的游历，也鲜有轻浮语，写出来多是"并刀如水，吴盐胜雪，纤指破新橙""当时面色欺春雪"之类，风雅得紧，所以学界才有"柳词如《金瓶梅》，周词如《红楼梦》"这般评价流传。李攀龙能将李清照的《浣溪沙》误会为周君手笔，也从侧面证明了李清照写得何等委婉典雅，一首闺情词，竟了无脂粉气。李攀龙的小误会，是对此词的大赞誉。

浣溪沙

　　髻子伤春慵更梳。晚风庭院落梅初。淡云来往月疏疏。

　　玉鸭熏炉闲瑞脑[①]，朱樱斗帐[②]掩流苏。通犀还解辟寒无[③]。

【注释】

①玉鸭熏炉：玉或瓷制的鸭子形的熏炉。瑞脑：一种熏香香料，见《浣溪沙》（莫许杯深琥珀浓）注③。玉鸭熏炉闲瑞脑，即瑞脑虽然放在熏炉里，却并未点燃，以此显示词人的慵懒。

②朱樱斗帐：朱红色的小帐子。

③通犀：一种犀牛角，角上有白线贯通两端，故称通犀。古代富贵人家会在帷帐下端坠以犀角，以免帷帐被风吹开，这是犀角实际的"辟寒"意义。犀角辟寒还有一个典故上的渊

源：据《开元天宝遗事》，交趾国进贡了一只犀角，请以金盘置于殿中。不多时殿内温暖起来，交趾使者便对唐玄宗解释道：这种犀角来自一种叫做辟寒犀的犀牛。

【评析】

这首《浣溪沙》应是李清照年轻时作的闺情词。背景设在一个寂寥的春夜，上阕写室外，下阕写室内，贯穿始终的是主角怏怏的情绪。鬓子懒得梳理，晚风吹落梅英，淡云遮挡月光，鸭形熏炉闲置着，斗帐也低垂着，一切都百无聊赖。夜间寒冷，通犀能替自己辟除寒气吗？也许对词人来说，更需要辟除的是心头的凉意吧。整首词虽有闺阁女子的哀怨，却哀而不伤、怨而不怒，表现出词人所受的良好教养。词人选择描绘的情境和物件亦十分精致优美，一派富贵气象。

这首小词也可让我们稍稍窥见宋人对各种精美器物的热爱。"玉鸭熏炉""朱樱斗帐""流苏""通犀"，李清照若不欣赏它们，若从未仔细赏玩，怎会将珍玩器物密集引入词中？又怎能将它们描绘得如此美丽？

宋代特重文教，宋代士人最流行的娱乐方式便是收藏研究艺术器物、古董珍玩，有宋一代为之痴狂的事例层出不穷。宋初士人夏竦，有《古文四声韵》传世，为人性僻耽器玩，耽到什么程度呢？宋代吴曾在《能改斋漫录》中记载道："夏英公性好古器奇珍宝玩。每燕处，则出所秘藏，施青毡列于前，偃卧牙床，瞻视终日而罢。月常数回如此。"夏竦得闲时常拿出自己多年的珍藏，逐一陈列于青毡上，他就倚在牙床上欣赏，吃饭睡觉都顾不得，一欣赏就是一整天，而每个月总有好几天是如此度过。北宋著名史学家刘敞，曾得到数十只先秦彝鼎，对它们尤其珍爱，他常跟家人交代："我死，子孙以此蒸尝我。"略通中国史的人都知道，古人最重祭祀。刘敞对自己于九泉之下还能不能享用到丰盛的祭品丝毫不以为意，只要儿孙记得用他最爱的先秦彝鼎来祭祀他便好。其实夏竦和刘敞还算理智，当时更有甚者，某些痴人为取古代器玩竟然不惜掘了自己父亲的坟。

李清照与赵明诚也是宋代著名的鉴藏家，收集古物、器玩无数。据赵明诚记载，他们在"归来堂"的收藏达十余间屋子之多。

点绛唇

寂寞深闺，柔肠一寸愁千缕。

惜春春去，几点催花雨。

倚遍阑干^①，只是无情绪。

人何处？连天芳草，望断^②归来路。

【注释】

①阑干：栏杆。"倚阑干"是诗词里极常见的一个意象，主要有两种含义，一是用这个特定的仪态描绘女子的曲线美，如李白《清平调》写杨玉环"解释春风无限恨，沉香亭北倚阑干"；二是表达一个人的惆怅，重重心事无人能解，如裴夷直的《临水》诗有"江亭独倚阑干处，人亦无言水自流"。在第二种含义上，如果情绪更浓郁，就变"倚"为"拍"，如辛弃疾"把阑干拍遍，无人会、登临意"。

②望断：诗词用"望断"一语大多形容对远人的思念。极目远眺，希望能看到对方归来的身影，却始终看不到。

【评析】

这是一首闺怨词：深闺冷寂，原本还有温暖繁华的春季来做伴，如今雨打花落，春也离去。倚栏杆远眺，然而把栏杆都倚遍，也找不到一处教我留恋的风景。我有所思在远道，那个人，此时在哪儿呢？上阕伤春，下阕伤别，由伤春之愁写到伤别之痛，情绪逐层递进。煞尾处，词人不再说"愁千缕"，也不提"无情绪"，只说连天芳草是唯一的风景，风景里没有那人归来的身影。然而有了前面逐层递进的情绪，到这里，读者自动将感情向深处推进。

由此词可见李清照写作之干净利落，即便倾诉闺愁也不流于碎碎念，点到为止。很多时候，节制的表达反而能诱发更多的情绪。也难怪明代黄河清在《草堂诗余续集·序》里将这首词与其他经典词篇一起，当作"足令多情人魂销"的典范，说："夫词体纤弱，壮夫不为。独惜篇什寂寥，彼歌《金缕》、唱《柳枝》者，其声宛转易穷耳。所刻《续集》中如李后主之'秋闺'，李易安之'闺思'，晏叔原之'春景'，萧竹屋之'纪梦''怀旧'，周美成之'春情'……以此数阕，授一小青蛾，拨银筝，倚绿窗，作曼声，则绕梁遏云，亦足令多情人魂销也。"

念奴娇

萧条庭院，又斜风细雨，重门须闭。

宠柳娇花寒食近^①，种种恼人天气。

险韵诗成^②，扶头酒醒^③，别是闲滋味。

征鸿过尽，万千心事难寄。

楼上几日春寒，帘垂四面，玉阑干慵倚。

被冷香消新梦觉，不许愁人不起。

清露晨流，新桐初引^④，多少游春意。

日高烟敛，更看今日晴未。

【注释】

①寒食：见《怨王孙》（帝里春晚）注⑤。

②险韵诗：用极不易押韵的字来做韵脚的诗，写险韵诗往

往是诗人炫技的一种手段。

③扶头酒：烈性的、容易导致头晕的酒。

④清露晨流，新桐初引：语出《世说新语》"于时清露晨流，新桐初引"。引：生长。

【评析】

这是一首表达离愁的闺情词。词的开头即是景语，院落冷清又有风雨，只得紧闭门庭。临近寒食，天气多变，正是恼人的时候。在变幻莫测的天气里，在无人陪伴的闺阁里，生活了无滋味，只得饮酒和作险韵诗取乐。但真的能快乐吗？并不能，词人慨叹"别是闲滋味"。配合次两句"征鸿过尽，万千心事难寄"才知，险韵诗有趣，烈酒也美味，但是当伴侣远在天边、无人分享乐趣，征雁也不能捎寄思念的时候，诗酒再好，都是虚空。

下阕写女主角登楼望远。望见好风景了么？并没有，高楼上只有无尽的寒意。故词人将帘幕低垂，懒懒倚在栏杆旁。不管是"玉阑干慵倚"，还是"新梦觉"，又或是"更看今日晴未"，都是词人惆怅的表现。但春寒并非词人惆怅万分的罪魁，离人不归才是词人无法解脱的伤悲。

木兰花令

沉水香消人悄悄①，楼上朝来寒料峭。

春生南浦②水微波，雪满东山风未扫。

金尊莫诉③连壶倒，卷起重帘留晚照④。

为君欲去更凭栏⑤，人意不如山色好。

【注释】

①沉水香：一种名贵熏香。《本草纲目·木一》载，沉香木的"心节"置于水中便会沉底，所以叫作沉水，也叫水沉。《云仙杂记》载，沉水香可以用来染衣。

②南浦：字面义是"南面的水边"，但自从江淹《别赋》"春草碧色，春水渌波。送君南浦，伤如之何"这一名句流传以后，它便成为一个关于送别的诗词意象了。

③莫诉：不要推辞饮酒。

④晚照：夕阳。

⑤凭栏：见《点绛唇》（寂寞深闺）注①。

【评析】

上阕描摹晨起的寒冷。独卧一夜，词人清晨醒来，看沉香已燃尽，周围悄无声息、分外清寂。因为清寂，初春早晨的寒意显得愈发强烈。春天分明已经来了，但东山的积雪还未融化。词人说出口的是"雪满东山风未扫"，未出口的是什么时候才能春暖花开？远人何时才能回来同我赏春？"南浦"用了江淹《别赋》之意，"春草碧色，春水渌波，送君南浦，伤如之何"，用另一场春天的离别来形容自己在春天对远人的思念，这样的表达含蓄又优雅。下阕紧接上阕身心俱寒的境况，写词人傍晚饮酒驱寒的情形。仅是饮酒还不够，词人还企图卷上帘子，挽留"晚照"，挽留一日之中最后的点滴温暖。我有所思在远道，故凭栏远眺。眺望到的是什么呢？暮色笼罩下，山水无限好，人始终未归。所以词人哀叹"人意不如山色好"，心情顿时跌落谷底。这个结尾让我想起英国诗人威斯坦·休·奥登的《葬礼蓝调》：

不再需要星星，把每一颗都摘掉，

把月亮包起，拆除太阳，

倾泻大海，扫除森林，

因为什么也不会，再有意味。

　　与心爱之人分开，世界上的一切美好都等于虚空。所以奥登要求把每一颗星星都摘掉，而李清照也无法被灿烂的黄昏温暖。

蝶恋花

　　暖雨和风初破冻①。柳眼②梅梢，已觉春心动③。

　　酒意诗情谁与共，泪融残粉花钿④重。

　　乍试夹衫金缕缝⑤。山枕斜敧⑥，枕锁钗头凤⑦。

　　独抱浓愁无好梦，夜阑犹剪灯花弄⑧。

【注释】

①暖雨和风初破冻：点明节令的变换，雨是暖雨，风是和风，第一丝春意正在消融最后一丝寒意。

②柳眼：新生的柳叶很像眼睛的形状，故称柳眼。

③春心动：双关语，既从风物意义上而言，亦从词人自己的感受而言。

④花钿：一种妆容方式，唐宋时候的女人会将各种色泽艳美的物料，加工制成各种形状的薄片，然后把薄片粘在额头眉间，甚或两颊。这些薄片就是花钿，也被称作花子或媚子。花钿色彩缤纷，形态也从简单的圆点、水滴状、月牙状到复杂的祥云形、鸟兽形、石榴花形，不一而足。金箔、贝壳、鱼鳞、鱼鳃骨、黑光纸、云母片、翠鸟羽毛、茶油花饼，甚至连蜻蜓的翅膀，都可以做成花钿。而花钿的由来颇为传奇：南朝宋武帝时期，寿阳公主倦卧在含章殿檐下。是日天晴，风起，花落，一朵梅盈盈停于公主额前。轻抬纤手，公主不经意地拂走落梅，眉心却留下了梅的烙印，洗之不去，清晰可辨。三日之后，那花痕才逐渐消失。宫中女子纷纷模仿落梅剪裁各种小饰物贴于眉心，这就是花钿，又称梅妆。考察信史，花钿的真正由来有两种说法：一说唐朝佛教盛行，佛像眉间点有白毫，妙相庄严，当时的妇人认为这是一种有福之相，贴花钿其实是对佛像的模仿；另一说唐朝多悍妇，婢妾服侍不周，正室夫人动辄施暴，常常在婢妾脸上留下伤痕，为了掩饰伤痕，婢妾们开始贴花钿。"钿"有 tián、diàn 两读，含义差别不大，在诗词里要根据格律的需要选择读法。花钿之"钿"，正确读音是 diàn，但这里为了词谱的声律规则必须改读为 tián。

⑤乍试夹衫金缕缝：开春了，开始脱下冬装，换上春装。

这一句是倒装句，正确语序是"乍试金缕缝夹衫"，即刚刚开始试穿金缕缝制的夹衫。缝，这里要读 fèng。

⑥山枕：古代枕头的一种形制，中间低陷，两端隆起，有如山形。斜欹：斜倚。欹：同"攲"（qǐ），倚靠。这个字在诗词中常读平声，最有可能的读音的是"qī"。《蝶恋花》词牌规范，"山枕斜欹"这一句最末一个字必须是平声字。

⑦钗头凤：饰有凤凰造型的发钗。"枕锁钗头凤"，字面义是枕头锁住了发钗上的凤凰，实际含义是人赖床不愿起来。

⑧夜阑：夜尽，天快亮了。灯花：灯芯烧过之后结成的花朵一般的形状，古人认为灯芯结成灯花预示有喜事出现。

【评析】

这首小词在《唐宋诸贤绝妙词选》《古今词综》《草堂诗余·别集》等集子里都题作"离情"，而《草堂诗余·别集》另有注云："一作春怀"。这些恐怕都不是李清照的原题，而是后人据词意添加。"春怀"与"离情"，也确为本词主题。这是一首喜春又伤春的闺情词。

上阕描绘室外春意融融。雨是温暖的，风是和煦的，绿柳红梅皆舒展盛开，一片嫣然，惹得自己盼望与爱侣出门踏春。但爱侣远在天边，自己能与谁人煮酒论诗赏春？念及此，不禁泪水涟涟，弄花了脸上的胭脂，花钿也因浸了眼泪而变得沉重。花钿轻若无物，就算沾上泪水，人能发现如此微弱的重量变化吗？常人不能，但愁人能。不是花钿重，而是愁人心事重。

下阕承接上阕的春愁，具体刻画闺阁寂寥。女主角试穿金丝缝成的精美夹衫，但她的心思全然落在衣饰之外。无奈地斜倚在枕头上，枕头将头上贵重的钗环压坏，她也无意整理。

最出挑的是末两句。李清照善于写愁，堪称咏愁巨匠，愁在她笔下呈现千姿百态。在《点绛唇》里，"寂寞深闺，柔肠一寸愁千缕"，愁被赋予了长度；在《武陵春》里，"只恐双溪舴艋舟，载不动许多愁"，愁被赋予了重量；在《一剪梅》里，"此情无计可消除，才下眉头，却上心头"，愁可以流动；在《满庭芳》里，"更谁家横笛，吹动浓愁"，愁可以被挟带笛音的一阵风吹动……而在这首《蝶恋花》里，"独抱浓愁无好梦"，愁可以张开双手拥抱。但是，就算在词人的描述里，愁有实体给人拥抱，愁又怎能取暖？孤独愈发摧人心肝，无法入睡，只能深夜起床剔剪灯花消遣。离别，让春不成春。

蝶恋花·晚止昌乐馆寄姊妹

泪揾征衣^①脂粉暖。四叠阳关^②，唱了千千遍。

人道山长山又断，潇潇微雨闻孤馆。

惜别伤离方寸乱^③。忘了临行，酒盏深和浅。

好把音书凭过雁，东莱不似蓬莱远^④。

【注释】

①揾（wèn）：浸润。征衣：旅途中所穿的衣服。

②阳关：离别之歌，一般反复歌唱，称为"阳关三叠"。

③方寸乱：心绪烦乱。

④东莱：山东莱州，当时赵明诚正在莱州为官。蓬莱：传说中的海上仙山。"若有音书凭过雁，东莱不似蓬莱远"，这

两句是希望姊妹多通书信，毕竟彼此之间并没有远隔到书信无法相通的地步。

【评析】

此词乃是李清照对姊妹的寄语。上阕描绘姊妹分别时难舍难分的情形：姊妹道别时，泪水浸了衣衫、湿了双腮。送别的《阳关曲》有四叠，四叠都唱下来，还唱了千千遍，仍无法纾解离愁别绪。词人着意写明数量"四叠"与"千千遍"，强调姊妹彼此的不舍与眷恋。自己在旅途中寄宿馆所，正逢愁煞人的细雨，想到姊妹从此相隔山长水阔，备感凄凉。

下阕直抒心曲，正面刻画别后的苦闷。自己因离分而心碎，回想起来，真不知离别之际姊妹们的送别酒是如何下咽的。那杯中酒是多还是少呢？心绪一片混乱，什么都想不起来了呵。"酒盏深和浅"并不是什么重要的事情，词人特地写及此，愈发让人感叹姊妹情深，词人连离别时一个微不足道的细节都尽力回想，不忍忘记。末了，词人殷切叮嘱众姊妹，我要去的东莱可不似蓬莱那般遥不可及，你们要时常同我鸿雁传书，以慰相思之苦。明明词人此刻"惜别伤离方寸乱"，却偏偏说道"东莱不似蓬莱远"，这是安慰姐妹，更是安慰自己。

黄墨谷先生在《重辑李清照集》里盛赞此词的开头与结尾，

笔者深以为然："王维的'劝君更尽一杯酒，西出阳关无故人'，到了她的笔下变成了'四叠阳关，唱到千千遍'的激情，极夸张，却极亲切真挚。通过写惜别心情是一层比一层深入，但煞拍'好把音书凭过雁，东莱不似蓬莱远'，出人意外地而作宽解语，能放能淡。所谓善言情者不尽情。令词能够运用这种变化莫测的笔法是很不容易的。"

殢人娇·后庭梅花开有感

玉瘦①香浓，檀深②雪散。

今年恨探③梅又晚。

江楼楚馆④，云闲水远。

清昼永，凭栏翠帘低卷。

坐上客来，尊前酒满。⑤

歌声共水流云断。

南枝⑥可插，更须频剪。

莫直待西楼，数声羌管⑦。

【注释】

①玉瘦：形容梅花瘦小。

②檀深：指檀香梅，梅花中香气最浓郁的一种。

③探：探看。

④江楼楚馆：代指江边酒楼。

⑤坐上客来，尊前酒满：语出《后汉书·孔融传》："坐上客恒满，尊中酒不空。"

⑥南枝：向阳的枝条。南枝开花较北枝为早。

⑦羌管：羌笛。羌笛有名曲《梅花弄》，"数声羌管"即"数声《梅花弄》"。暗用李白"黄鹤楼中吹玉笛，江城五月落梅花"诗意，承接上文，用意如同"有花堪折直须折，莫待无花空折枝"。

【评析】

这是一首咏梅词。上阕直写梅花的姿容与香气，表达"探梅又晚"的惋惜；下阕写与众宾客欢宴歌唱、同赏梅花，无限爱花情：梅枝清瘦，梅香馥郁，可恨自己今年赏梅的时间又晚了些，已错过梅花盛放时，徒留遗憾。词人抓住最后的时间赏梅，向那种满梅树的江楼楚馆走去，在梅香中陶醉一整天。赏梅宴上，宾客往来，杯中斟满美酒。人们唱着清雅的歌，歌声宛若行云流水。朝向南方、沐浴最多阳光的梅花还未开败，花开堪折直须折，莫待无花空折枝。若等到花季过去、梅瓣飘零，你只能独上西楼，与苍凉的羌笛声为伴。整首词用语婉约细腻，如同梅香萦绕，有种安静的力量。

下阕一句"南枝可插，更须频剪"，可稍见宋人插花的风气。考查史料，宋人爱插花，宋代是中国插花艺术的巅峰时期。往上看，宫廷重视插花，将插花列为"四司六局"的专营项目；往下看，民间酷爱插花，茶肆酒店无不插花装点门面，如适逢重阳佳节，"酒家皆以菊花缚成洞户"。

那么，词中所说的"南枝可插"，剪下梅花是插在瓶里吗？宋人喜欢折花插瓶赏玩，且不说以陈与义"小瓶春色一枝斜"为首的一众关于插瓶花的诗句，从当时多有瓶花技巧问世也可见一斑，比如周密《癸辛杂识·续集》："凡折花枝，搥碎柄，用盐筑，令实柄下满足，插花瓶中，不用水浸，自能开花作叶，不可晓也。"此乃以盐养瓶花之法。但人们常常忽略，宋人不但爱插瓶花，更爱往头上插戴鲜花。此风俗在宋诗中就有鲜明的体现，如邵雍《插花吟》"头上花枝照酒卮，酒卮中有好花枝"，胡铨《长卿见过赋美人插花用其韵》"花亦兴不浅，美人头上开"。有宋一代，头上簪花蔚然成风，各类笔记、花谱中多有记载，如欧阳修《洛阳牡丹记》所记，"洛阳之俗，大抵好花。春时城中无贵贱皆插花，虽负担者亦然。"王观在《扬州芍药谱》也说："扬之人与西洛不异，无贵贱皆喜戴花，故开明桥之间，方春之月，拂旦有花市焉。"《邵氏闻见录》中记录了这一盛景，"岁正月梅已花，二月桃李杂花盛开，三月牡丹开。于花盛处作园圃，四方伎艺举集，都人士女载酒争出，择园亭胜地，上下池台间引满歌呼，不复问其主人。抵暮游花市，以筥笼卖花，虽贫者亦戴花饮酒作乐。"无论贵贱，无论男女，竞相将姹紫嫣红佩戴，花花朵朵插满头。

回过头来看李清照所写，她攀折疏影横斜、暗香浮动的南枝，也许是插在瓶中作清供；也许是插在发鬓、髻子上作天然头饰。若是后一种解法，更觉李清照爱重梅花，要与梅花融为一体才称心。

从我们解此句的过程也可知，一句小词可以照见一个时代的风气，一个时代的风气也可为一句小词做注脚。

蝶恋花·上巳召亲族

永夜恹恹^①欢意少。空梦当时，认取长安^②道。
为报今年春色好，花光月影宜相照。

随意杯盘虽草草^③。酒美梅酸^④，恰称人怀抱。
醉莫插花^⑤花莫笑，可怜春似人将老。

【注释】

①恹恹（yān）：倦怠的样子。

②长安：代指京城。这首词或作于南渡之后，所梦之京城当是北宋都城汴京（今开封）。

③草草：草率、简单。

④酒美梅酸：梅子是古人酒宴上常用的解酒食物。

⑤插花：在头上簪花，这是当时的一种习俗。

【评析】

此词系南渡之后李清照在上巳节宴请亲族之作。上巳佳节，觥筹交错，按常理来想，这是一个春风沉醉的夜晚。通读下来，却感觉不胜悲凉。

词一开头不讲聚会，先讲聚会前的夜晚。长夜漫漫，郁郁寡欢，只能用做梦的方式重回汴京。在梦里，自己还能认出那些熟悉的街道。梦醒来强打精神，劝慰自己建康的春天也很美好，莫要辜负建康的花光月影。下阕接着上阕末尾决意赏春写开去，写上巳宴会的情形，虽然宴席并不豪奢，酒却叫人称心如意。喝醉之后，花插满头，请娇艳的花朵勿要取笑自己，可怜那姹紫嫣红开遍的春天啊，就像自己一般逐渐衰老，快要走到尽头。此词全篇用口头语，写眼前景，乍一看只觉浅白，细细推想，才能体味背后的亡国之痛。

说回本词的开篇，不知你可曾注意到，李清照笔下的黄昏与夜晚总是以惆怅为主调。当夜色降临，她听到的是"疏钟已应晚来风""栖鸦归后，暮天闻角"，看到的是"小楼寒，夜长帘幕低垂""难言处，良宵淡月"，感受到的是"三杯两盏淡酒，怎敌他、晚来风急"以及本词的"永夜恹恹欢意少"。李清照十八岁时嫁作赵家妇，与赵明诚性灵契合。无奈赵明诚时常宦游在外，李清照的生活不是不寂寞的。之后宋室南渡，李清照先是失去故土，继而失去夫妻合力收藏的诸多金石书画，最后还失去了挚爱的丈夫。种种困苦击打词人敏感的心，渐渐地，她眼中的夜晚只剩凄清哀婉。

其实，宋人的夜晚与词人所写相反，彼时夜市兴旺，热闹非凡。由唐入宋，坊市制逐渐瓦解，"禁鼓昏晓"的宵禁制度也形同虚设，宋人的夜空开始沸腾。先看北宋，《东京梦华录》说："夜市直至三更尽，才五更又复开张。如要闹去处，通宵不绝……冬月虽大风雪阴雨，亦有夜市。"《铁围山丛谈》的记载更夸张："天下苦蚊蚋，都城独马行街无之。马行街者，都城之夜市，酒楼极繁盛处也。"夜市极盛的马行街，燃烧的烛油竟然熏得整条街巷没有一只蚊虫。再看南宋的夜生活，那是不输北宋的流光溢彩，《梦粱录》说："杭城大街，买卖昼夜不绝，夜交三四鼓，游人始稀；五更钟鸣，卖早市者又开店。"《武林旧事》亦说当时的酒楼"歌管欢笑之声，每夕达旦，往往与朝天车马相接。虽风雨暑雪，不少减也"……如果你以为宋代夜间繁华与李清照那样的大家闺秀无缘那就大错特错了，请看《东京梦华录》的记载："北山子茶坊，内有仙洞、仙桥，仕女往往夜游，吃茶于彼。"连家教森严的仕女都被允许外出夜游喝茶，可见宋人的夜生活自由丰富到了何种地步，难怪后来者艳羡。

小重山^①

春到长门春草青。^②

江梅些子破^③，未开匀。

碧云笼碾玉成尘。^④

留晓梦，惊破一瓯春。^⑤

花影压重门^⑥。

疏帘铺淡月^⑦，好黄昏。

二年三度负东君。^⑧

归来也，著意过今春。^⑨

【注释】

①《小重山》，原为唐教坊曲，多写宫怨题材，所以音调甚为悲苦。演变为词牌之后，《小重山》仍然多被用来描写悲苦愁闷的心情。李清照此时与丈夫赵明诚已经离别两年之久，

思念之情甚重，故作此词。

②长门：汉代有长门宫，原是馆陶长公主刘嫖的私家园林，以长公主情夫董偃的名义献给汉武帝改建成的，用作皇帝去祭祀先祖时休息的地方。后来汉武帝的皇后，即馆陶长公主的女儿陈阿娇被废，迁居长门宫。相传陈阿娇为了使汉武帝回心转意，以千金求司马相如作《长门赋》以进献，抒发幽居哀怨之情。长门宫从此为冷宫的代名词。李清照这里用长门之典，是叹息丈夫离去太久，以至于自己也生出了幽居寂寞之哀思。春草青：暗用《楚辞·招隐士》之句："王孙游兮不归，春草生兮萋萋"，意思是盼望丈夫早日归来。

③江梅：范成大《梅谱》记载，江梅也叫野梅，体现的是山野清绝之趣，花朵较小，清瘦有韵致，香气最清。些子：一些。

④碧云笼碾玉成尘：写清晨准备饮茶。今天我们喝茶的方式奠定于明代，而宋人喝茶的习惯是将茶制成茶饼，饮用时需要先碾后煮。碧云：碧绿色的茶饼。笼：贮存茶饼的器皿。碾玉成尘：形容将茶饼碾碎。

⑤留晓梦，惊破一瓯春：形容晓梦初醒时尚留有一些对梦境的记忆，待到饮茶之后，神清气爽，对晓梦的记忆荡然无存。这也暗示着梦境并不是欢乐、美好的，而是相思与愁绪。

一瓯春：即一瓯春茶。瓯（ōu）：杯，盅。

⑥重门：或指层层布设之，或指屋内的门。

⑦疏帘铺淡月：淡淡的月光洒在窗帘之上。疏帘：稀疏的竹织窗帘。

⑧二年三度负东君：李清照与赵明诚分别已有两年，这两年之中有一个闰年的重春，所以说两年间错过了三个春天。负：辜负。东君：春天之神。

⑨著意：即着（zhuó）意，认真、仔细地。这一句是对远方丈夫的呼唤：回来吧，让我们好好度过这个春天吧。

【评析】

这是一首闺情词。开篇直接借用唐代薛昭蕴《小重山》的原句"春到长门春草青"，深闺寂寞，略略兴起长门之叹。次两句写院中的江梅，刚刚绽放，还未开得均匀。一句"江梅些子破"，给深闺带来了春意。接下来写晨起饮茶，茶的苦香驱散残余的梦境，词人喝的岂止是春茶？只一口，便吞下一整个春天。"一瓯春茶"写作"一瓯春"，将春天浓缩在杯里、捧在掌心，乃是李清照的神来之笔。下阕接着"一瓯春"，写繁花的影子慢慢爬上重门，浅淡的月光洒在稀疏的帘上，斑斑驳驳，好一个春季的美丽黄昏。末三句说：我已多次辜负春神，这几年都没有好好消受春天，望君早日归来，一道享受这玄鸟至、鸧鹒鸣、草木萌动的季节。前面说再多春日到、春日好，都是为了最后能劝离人回来。闺情缠绵，却写得毫无油腻感，这首词与李清照其他的闺情词一样典雅。

一个人的创作风格，往往在与他人做比较时才能凸显出来。既是闺情词，我们就拿善作闺情词的柳永来做比较吧。同样是写深闺中人，柳永要么正面抒发小儿女的心思，比如"万里丹霄，何妨携手同归去。永弃却、烟花伴侣"，比如"一场寂寞凭谁诉"，再比如"当初聚散。便唤作、无由再逢伊面"，直白得让人无路可退；就算是借风景与事物曲折地倾诉，柳永选择描写的风景与事物也染着浓浓的脂粉味儿，比如"却傍金笼共鹦鹉，念粉郎言语"，比如"金炉麝袅青烟，凤帐烛摇红影"，再比如"日上花梢，莺穿柳带，犹压香衾卧"，换了种形式，依然直白得让人无路可退，总之要你一眼就望见闺阁中全部的喜怒哀愁。

李清照爱用景语代情语，安逸用"淡荡春光寒食天。玉炉沉水袅残烟"来呈现，思念通过"连天芳草，望断归来路"来表达，"萧条庭院，又斜风细雨，重门须闭"全是悲伤的讯息。而这首《小重山》，寂寥都融化在"春到长门春草青""疏帘铺淡月"里。细细碎碎、唠唠叨叨的儿女私情，化为杳远的山水、缥缈的云烟，化为各式各样幽微的事物，情感一下就典雅深沉了起来。

　　直抒胸臆有直抒胸臆的痛快，但笔者更爱景语代情语的含蓄，就像一道谜题，让你慢慢读、缓缓猜。

添字丑奴儿

窗前谁种芭蕉树，阴满中庭。

阴满中庭，叶叶心心①，舒卷有余情。

伤心枕上三更雨，点滴霖霪②。

点滴霖霪，愁损北人③，不惯起来听。

【注释】

①叶叶心心：芭蕉在文学作品中历来都有两个牢固的意象：一是"雨打芭蕉"，或是因为芭蕉宽大的叶子最容易凸显出雨水的声音，若是骤雨，那声音便急促而难挨，若是疏雨，那声音便淅沥而忧伤，所以有"疏雨听芭蕉，梦魂遥"，有"深院锁黄昏，阵阵芭蕉雨"，有"点点不离杨柳外，声声只在芭蕉里，也不管、滴破故乡心，愁人耳"；二是卷心芭蕉，芭蕉的叶子是聚拢在一起的，随着渐渐成熟而渐渐舒展开来，

正像愁人心绪的舒与卷，所以有"芭蕉不展丁香结，同向春风各自愁"。这首词里兼用芭蕉的两个意象。

②霖霪：形容雨点细密，连绵不断。

③北人：李清照自指。李清照是山东济南人，南渡之后不习惯南方的天气，更不熟悉芭蕉，故而对"点滴霖霪"有所"不惯"，而太多国仇家恨更使她"愁损"。

【评析】

这首词咏芭蕉。上阕写晴日的芭蕉：窗前芭蕉茂密，绿荫铺满中庭，舒卷自如。下阕写雨夜的芭蕉，雨滴落在碧绿阔大的芭蕉叶上，都是心碎的声音。来自北方的词人，听不惯南方蕉叶上的雨声，愁得不能入睡。前文看上去只是就芭蕉写芭蕉，末两句"愁损北人，不惯起来听"将词境升华，哪是因为雨打芭蕉而不能入睡呢？词人愁的是有家不能回，是国破山河在。

芭蕉，在传统文学中与孤独、忧愁成固定搭配，雨打芭蕉更是凄凉之音的代表，李清照这首词也是绵绵不尽的伤怀。古代中国关于雨打芭蕉的描述里，赏心乐事少极，唯有清代《秋灯琐忆》里的一段记载是例外。女主角秋芙栽种的芭蕉荫蔽帘幕，秋来多风雨，打在芭蕉上，声声都是愁。男主角蒋坦某日兴起，提笔在蕉叶上写道："是谁多事种芭蕉，早也潇潇，晚也潇潇。"没承想，第二天再看蕉叶上自己题写的断句，已有了妻子的回帖："是君心绪太无聊，种了芭蕉，又怨芭蕉。"对得工工整整，刻薄得刚刚好。损人都能如此可爱，难怪引人终生挂怀。秋芙去世后，蒋坦不忍忘记，将与她的生活点滴逐一记下，写成《秋灯琐忆》。多少恋恋不舍，汇成文末一句"即或再堕人天，亦愿世世永为夫妇"。

国学经典丛书第二辑

青玉案·用黄山谷韵①

征鞍不见邯郸②路。莫便匆匆归去。

秋正萧条何以度。

明窗小酌，暗灯清话，最好留连处。

相逢各自伤迟暮。③犹把新词诵奇句。

盐絮家风人所许。④

如今憔悴，但余衰泪，一似黄梅雨⑤。

【注释】

①黄山谷：黄庭坚，号山谷道人，北宋文坛宗主。"用黄山谷韵"，即这首词使用黄庭坚一首同样词牌作品的韵脚用字。

②邯郸：今河北邯郸，这里代指北方故土。写这首词的时候，正是在词人南渡之后，北方已被金人占领。

③各自伤迟暮：李清照当时已是四十多岁的人了，与亲友一起感伤年华老去。

④盐絮家风人所许：意即回想当初，词人出身于一个受人称道的世家大族、书香门第。这里用《世说新语》典故：谢道韫聪慧有才辩，曾在一次阖家赏雪的时候，叔父谢安问说这雪与何物相似，谢安哥哥的儿子谢朗比之作向天撒盐，谢道韫答道：未若柳絮因风起。

⑤黄梅雨：江南黄梅时节的连绵雨水。

【评析】

不知你是否注意过，李清照偏爱使用否定词？据学者统计，在她现存的五十多首词作中，有三十四首词运用了否定语。也就是说，她填词时，超过六成情况会使用到否定语气。读易安词，能欣赏到林林总总的花式否定，比如：《鹧鸪天》（寒日萧萧上锁窗）"不如随分尊前醉，莫负东篱菊蕊黄"、《永遇乐》（落日镕金）"不如向、帘儿底下"、《念奴娇》（萧条庭院）"被冷香消新梦觉，不许愁人不起"、《浣溪沙》"莫许杯深琥珀浓，未成沉醉意先融"、《多丽》（小楼寒）"莫将比拟未新奇"、《殢人娇》（玉瘦香浓）"莫直待西楼，数声羌管"、《玉楼春》（红酥肯放琼苞碎）"要来小酌便来休，未必明朝风不起"、《庆清朝慢》（禁幄低张）"挑了尽烛，不管黄昏"……以及这首词的首句，"征鞍不见邯郸路"。同样的内容，相似的意义，若采用否定语气来表达，会比肯定语气强烈许多，淋漓尽致。李清照喜用否定语，与她直爽利落的个性有关，而她词中频频出现否定语，也造就了她词里的豪迈气。豪迈叠加婉约，才是独一无二的易安。

这首《青玉案》连用两个否定句开头，加强悲伤之情，慨叹道：你四处奔忙又如何？到头来，也不过是黄粱一梦，徒留一场空。你莫要再一次匆匆离开，寒意正浓、天地苍茫，叫我如何度过这萧条的秋天呢？我最怀念的，是那年秋天你同我一道"明窗小酌，暗灯清话"。每一次久别重逢，都难免感叹时光飞逝，故人日渐衰老，相处时间无多。我们拿着对方新写的词作反复吟咏，对其中的佳句拍案称奇。作为志同道合的一家人，我们为世人所称许。可惜快乐短暂，如今的我已然憔悴，惟余痛苦的眼泪像梅雨一般绵绵不断。

这首词一说是写给丈夫赵明诚，一说是写给李清照的弟弟。无论是写给谁，这首词都同样感人肺腑。那份对至亲的恋恋不舍，历经千年依然鲜活，引起读者灵魂最柔软处的共鸣。

鹧鸪天

寒日萧萧上锁窗^①，梧桐应恨夜来霜。

酒阑更喜团茶^②苦，梦断偏宜瑞脑^③香。

秋已尽，日犹长。仲宣^④怀远更凄凉。

不如随分尊前醉，莫负东篱^⑤菊蕊黄。

【注释】

①锁窗：即"琐窗"，窗棂上刻有连锁花纹的窗户。

②团茶：宋代用圆形模具制成的茶饼。我们今天喝茶的方法是源于明朝的，而宋人喝茶是以截然不同的方式。纳兰性德《渌水亭杂识》记载：宋代的团茶，研成粉末而加入香药，失去了茶的本来味道，极为可笑——这就是以明朝以来的喝茶方式来看待宋人。

③瑞脑：一种熏香香料，见《浣溪沙》（莫许杯深琥珀

浓）注③。

④仲宣：王粲，字仲宣，东汉末年的著名才子。他生当汉朝沦亡的乱世，十七岁那年便逃离京城长安，远赴荆州避难，他曾经于一个春日登上当阳城楼，作《登楼赋》痛悼身世，"虽信美而非吾土兮，曾何足以少留"是其中最为流传的名句。李清照在这里以"仲宣怀远"比喻自己对已成沦陷区的故乡的怀念。

⑤东篱：语出陶渊明"采菊东篱下，悠然见南山"，后代诗家提及"东篱"每每与菊花有关。

【评析】

此词应是作于建炎二年（1128年）秋，即宋室南渡的第二年。山河破碎，词人背井离乡，又适逢晚秋，悲伤可想而知。

词的上阕着力渲染秋日寂寥的风貌。其实，词人触手可及之处并不缺乏美好，但即使面对样式富丽的花窗、一树金黄的梧桐、醇厚的美酒、清冽的茶汤、馥郁的瑞脑，词人也只能看到"萧萧""恨""酒阑""苦"与"梦断"。同样的秋天，给得意人看，映入眼帘的是"晴空一鹤排云上，便引诗情到碧霄"（唐代刘禹锡《秋词》）；给失意人看，便是"梧桐应恨夜来霜"。

下阕以东汉王粲登楼望远、怀想故土的典故，暗示自己的乡思之苦。王粲所作的《登楼赋》里，除了包含怀乡之情，还有对国难的痛惜，以及在动荡局势中的惶惶不安。这与词人的心情完全一致，采用此典可谓神来之笔。愁已极，无从化解，所以在末两句里词人干脆自我开解，劝自己不如饮美酒、赏黄菊，别无所求，但取一醉。如此故作潇洒的结尾，比"酒入愁肠，化作相思泪"之类直抒胸臆的表达更叫人心碎。

菩萨蛮

归鸿声断残云碧，背窗雪落炉烟直[①]。

烛底凤钗[②]明，钗头人胜[③]轻。

角声催晓漏[④]，曙色回牛斗[⑤]。

春意看花难，西风留旧寒[⑥]。

【注释】

①背：冷僻。"背窗"即幽暗、冷僻的窗子。炉烟：熏香的香炉燃出的烟。

②凤钗：装饰有凤凰造型的发钗。

③人胜：《荆楚岁时记》载，正月初七为人日，当天人们以七种菜做成羹汤，把彩纸或金箔裁成人形，即人胜，贴在屏风上或戴在头上，又做一种花形首饰（称为华胜）互相赠送，还要登高赋诗。董勋《问礼俗》谓："正月一日为鸡，二日为

狗，三日为猪，四日为羊，五日为牛，六日为马，七日为人。（正旦）一日在门上画鸡，七日在帐子上贴人形。"所以一日不杀鸡，二日不杀狗，三日不杀猪，四日不杀羊，五日不杀牛，六日不杀马，七日不行刑，就是因为这个缘故。

④漏：更漏，一种计时器，靠滴水来计时。

⑤牛斗：牛宿与斗宿，古代的两个星宿。

⑥春意看花难，西风留旧寒：意即虽然春天来了，但冬天的寒意仍未消散。这很有可能是针对当时的时局而言的。

【评析】

这首词应作于南渡之后，赵明诚去世以前。上阕写暮色降临，下阕写拂晓时分。大雁一声声悲凉的啼鸣消失在碧空残云中，窗外雪花纷扬，窗内炉香冉冉。在幽微的烛光下，头上插戴的凤钗显得愈发明亮，钗上装饰的人胜亦轻巧可爱。一夜难挨，角声终于揭开新一天的序幕，斗转星移，天已蒙蒙亮。春天虽然轻轻地来了，但西风仍凛冽，花木远没到盛放的时节。此时若想赏花，只怕是奢望。

李清照的作品，在不同的人生阶段呈现出几乎泾渭分明的特色。李清照早年正是"人间富贵花"，家境优渥，随父亲生活于繁华优雅的汴京，无忧无虑，每日只是吹花嚼蕊、读书作文；十八岁嫁给灵魂伴侣赵明诚，夫妇俩诵读唱和，"赌书消得泼茶香"，但明诚常宦游远方，与清照聚少离多；靖康之难发生后，宋室南渡，李清照全家流落到陌生的南方，不到两年赵明诚又去世，留李清照独自面对大时代与小家庭的双重创痛。人生经历镌刻在创作里，造就三种不同的创作风格：少女时代的词轻快活泼，常描写美好的自然风物以及畅游山水的快乐，比如"雪里已知春信至。寒梅点缀琼枝腻""水光山色与人亲，说不尽、无穷好"；婚后的词典雅平和，常作闺中寂寥、怀想远人之叹，但都哀而不伤，情绪拿捏得刚刚好，比如"瑞脑香消魂梦断，辟寒金小髻鬟松。醒时空对烛花红""记取楼前绿水，应念我、终日凝眸"；南渡之后的词沉郁蕴藉，国破家亡之痛深入骨髓，比如"物是人非事事休。欲语泪先流""寻寻觅觅，冷冷清清，凄凄惨惨戚戚"，以及这一首《菩萨蛮》。

"春意看花难，西风留旧寒"说的是春日花事么？是，又不仅仅是。春寒料峭总会过去，繁花似锦总会到来，但打碎的故土如何重来，异族铁蹄践踏出的伤口何时能愈合？"难"和"寒"存在于早春的天气里，更存在于渡尽劫波的宋人心里。

临江仙

庭院深深深几许①，云窗雾阁常扃②。

柳梢梅萼渐分明。春归秣陵③树，人客建康④城。

感月吟风多少事，如今老去无成。

谁怜憔悴更凋零。试灯⑤无意思，踏雪没心情。

【注释】

①庭院深深深几许：这原是欧阳修的名句，李清照于词前有小序称："欧阳公作《蝶恋花》，有'庭院深深深几许'之句，予酷爱之，用其语作'庭院深深'数阕。其声盖即旧《临江仙》也。"

②扃（jiōng）：关闭。

③秣陵：今南京。

④建康：今南京。秣陵与建康实为一地。

⑤试灯：正月十五为元宵节，有观灯之俗。未到元宵节而张灯预赏谓之试灯。

【评析】

此词作于建炎三年（1129 年），即宋室南渡的第三年，李清照客居于建康，家国沦丧成为永远扎在李清照心头的刺，使得她将一首闺情词写出了咏史词的风骨。李清照借用欧阳修的名句开篇，不过接下来和欧阳修走了完全不同的路：一句"庭院深深深几许"起头之后，欧阳修写的是女子禁锢在闺阁、无力挽留爱人与春光的惆怅；李清照写的是心在汴京、身老建康的沉痛。

上阕写闺阁深锁、门窗常闭，庭院里的红梅翠柳在早春寒冷的空气里渐次发芽。春意归来，浸染建康的草木，却无法潜入词人的心。下阕直诉词人内心的伤感。试灯？懒得赏玩。踏雪？没有心情。究竟为什么"无意思""没心情"呢？知道这首词的写作背景后就会明白：蹉跎岁月、日渐老去、一事无成……种种伤心，只是词人用来掩饰真实动机的借口。国不成国，家不成家，自己也如飘萍一般流离到遥远而陌生的建康。破碎的山河同残酷的生活一起，将春意挡在词人的心门之外。

临江仙

　　庭院深深深几许，云窗雾阁春迟①。

　　为谁憔悴损芳姿。夜来清梦好，应是发南枝②。

　　玉瘦檀轻③无限恨，南楼羌管④休吹。

　　浓香吹尽有谁知，暖风迟日⑤也，别到杏花时。

【注释】

　　①云窗雾阁春迟：承接上句，因为"庭院深深"，所以庭院深处的"云窗雾阁"幽深僻静，春天仿佛来得比别处要晚。

　　②南枝：向南的花枝。南枝得到的阳光较北枝为多，故而开花较北枝为早。

　　③玉瘦檀轻："玉瘦"形容梅花之形，"檀轻"形容梅花

之香。

④羌管：羌笛。羌笛有名曲《梅花弄》，这里暗用李白"黄鹤楼中吹玉笛，江城五月落梅花"诗意，承接上文，含蓄表达出惜花的意思。

⑤迟日：春日。《诗经·豳风·七月》有"春日迟迟"，春分以后白天越来越长，仿佛太阳迟迟不肯落下似的，后人便以"迟日"代指春日。

【评析】

四库总目对元代郭豫亨的《梅花字字香》提要写道："《离骚》遍撷香草，独不及梅。六代及唐，渐有赋咏，而偶然寄意，视之亦与诸花等。自北宋林逋诸人递相矜重，'暗香''疏影''半树''横枝'之句，作者始别立品题。南宋以来，遂以咏梅为诗家一大公案。江湖诗人，无论爱梅与否，无不借梅以自重。凡别号及斋馆之名，多带'梅'字，以求附于雅人。"这段话大意是说在宋以前，人们不过是偶然吟咏梅花；直到宋代，梅花才受到广泛爱重，从那时起，文人雅士总喜欢借梅花来衬托自己高洁的形象，连别号与斋馆名都频频借"梅"字一用。自从北宋林逋等人开始咏梅，有了暗香疏影之类的曼妙书写，文学创作者们才开始从特别的角度描摹梅花，赋梅花以新意。宋人咏梅的新奇之作确不在少数，清照的《临江仙》淹没于其中，不太引人注意，但笔者格外喜爱这一首。

上阕写梅花生长的环境：庭院深锁，云雾弥漫亭台楼阁，挡住东风的脚步，在这里，春天仿佛比别处来得迟一些。她为谁消得憔悴呢？思念的人，只能在梦中相聚。就这样蹉跎光阴，不知不觉，也到了向阳的枝丫抽芽的时节。词中"为谁憔悴损芳姿"一句历来有两种解释，一说梅枝清瘦，一说主角憔悴。私以为，可能两层意思皆有之，既说花也说人，人与花同样清瘦，花与人一般寂寞。下阕表达对梅花的爱怜之情：梅花的身姿与香氛，两者皆清绝，似藏有无限愁绪。南楼上的羌笛啊，请不要再吹奏哀怨的《梅花弄》。风过也，香气袭人的梅花就算全被吹落在地，又有谁关心呢？春日的暖风将要催开杏花，这意味着梅花生命即将逝去，真让人不舍。

这首咏梅词的特别之处在于将梅花与愁人的形象完全交融到一起，不分彼此。每一句都在写梅花，每一句也都在写愁人。"庭院深深深几许"，锁住了人，也锁住了梅；"浓香吹尽有谁知"，是梅的遗憾，也是人的惆怅。愁人的心绪透着梅花的香气，梅花的姿态里有愁人的身影。

诉衷情·枕畔闻梅香

夜来①沉醉卸妆迟，梅蕊插残枝。

酒醒熏破春睡，梦断不成归。

人悄悄②，月依依，翠帘垂。

更捼③残蕊，更捻余香，更得④些时。

【注释】

①夜来：昨夜。

②悄悄：忧虑的样子。

③捼（ruó）：用手揉搓。

④得：须、要。

【评析】

这是李清照南渡之前的作品，借缕缕梅香，抒发对游子的思念。上阕写戴梅醉眠，下阕写夜半醒来。入夜饮酒大醉，来不及卸妆，倒头就睡。发髻上还留着梅花，没有摘下。梅香浓郁，将自己从醉梦中唤醒。多么可惜，好梦就此中断，在我的梦境里，远人还没能赶回家里与我团聚。醒来后发现还是深夜，四下寂寂无人，唯有帘幕低垂、月色依依。闲愁无处排遣，只能搓揉梅花、闻闻余香，来消磨这难挨的时光。整首词最精彩的一句当属"酒醒熏破春睡，梦断不成归"，极言梅之馥郁，香气竟强烈到扰人清梦的地步。

宋人喜爱梅花的氤氲香气，开发出诸多富有新意的描绘，李清照这句亦是一例。梅香，在吴潜笔下是凶猛的，"野树梅花香似扑"，几乎将梅香比作小兽，懂得扑人而来；在李昂英笔下是亲人的，"是骚人行处，腔风调月，香满袖、过梅岭"，行人途经种满梅树的山岭，冲天香阵将行人的衣袖都染透。李纲词曰"春信早，山路野梅香"，梅香是春天的使者；高观国词曰"幽香未觉魂清，无端勾起相思情"，梅香是思念的诱因；赵磻老说梅瓣凋落，堆砌起来如同芬芳的雪，"香雪堆梅，绣丝罥柳，仙馆春到"；陆游说梅瓣凋落，即使被碾作尘与土，香气依然不灭，"零落成泥碾作尘，只有香如故"……这些美好的词句，素日就躺在泛黄的故纸堆里，不声不响。但当你翻开书册，它们会在一刹那弥漫你的房间与四季，芳香你整颗心灵。

满庭芳·残梅

小阁藏春，闲窗锁昼，画堂无限深幽。

篆香①烧尽，日影下帘钩。

手种江梅②渐好，又何必、临水登楼。

无人到，寂寥恰似、何逊在扬州③。

从来知韵胜④，难堪雨藉⑤，不耐⑥风揉。

更谁家横笛，吹动浓愁。⑦

莫恨香消雪⑧减，须信道⑨、扫迹情留。

难言处，良宵淡月，疏影⑩尚风流。

【注释】

①篆香：篆香并不是一种香料的名字，而是一种熏香形制的名字。制作者选择香料制成香粉，再用模具将香粉压成连笔的图案或文字，略似今天的蚊香。精致的篆香会被分为一百个

刻度，又称百刻香，刻度全部燃烧完毕正好是一个昼夜，所以富贵人家往往用它来做计时工具。昼夜长短每日不同，篆香的制作者甚至能够做到根据节气来设计不同时长的篆香。篆香兼具计时、熏香两重功用，所以一直流行到清代。

②江梅：范成大《梅谱》详列各个梅花品种，说江梅也叫野梅，花朵较小，清瘦有韵致，香气最清。

③何逊在扬州：何逊是南朝萧梁时代的文人，一生沉沦下僚，基本上都在做着幕府书记的工作。梁武帝天监年间，建安王萧伟出镇扬州，何逊以书记官的身份随行。扬州官廨之外有梅花一株，何逊日夕吟咏其下，写下一首《扬州法曹梅花盛开》："兔园标物序，惊时最是梅。衔霜当路发，映雪拟寒开。枝横却月观，花绕凌风台。朝洒长门泣，夕驻临邛杯。应知早飘落，故逐上春来。"后来何逊随调洛阳，竟然每每犯起花痴，对扬州的那株梅花日日思念而不能已，只有递交申请，希望还能派自己到扬州任职。苦心人终于如愿以偿，何逊再到扬州的时候，正值梅花盛开，何逊在花下彷徨，再也不忍离去。以今天的眼光来看，何逊也许生了一点心理疾患，但也正是因为这样一种不可理喻的偏执，使何逊的名字成为与扬州、梅花密切相关的一个文学语码。及至杜甫咏出"东阁官梅动诗兴，还如何逊在扬州"，何逊的名字便再也摆不脱同扬州与梅花的

纠葛了。其实六朝年间的扬州并非今日的扬州，其治所在建业，即今天的南京；何逊花痴的故事亦未必属实，很可能是出于宋人的假托；《扬州法曹梅花盛开》很可能原名只是《咏早梅》，与扬州并无干系。比较可靠的史料其实只有南宋吴曾《能改斋漫录》引《三辅决录》所谓：何逊在扬州时看到官梅盛开，为赋四言诗，人们争相传写。但考据上的焚琴煮鹤从来不会影响到文学上的将错就错或明知故犯，何逊的故事就这样深入人心，在诗词的世界里早已不容任何更改。

④韵胜：语出范成大《梅谱后序》"梅以韵胜，以格高"，意即梅花的风神韵致胜过百花。

⑤藉：通"蹐（jí）"，践踏，这里引申为摧残。

⑥不耐：禁受不住。

⑦更谁家横笛，吹动浓愁：暗用李白"黄鹤楼中吹玉笛，江城五月落梅花"诗意。梅与笛是诗词当中关联度极高的一组意象，凡咏梅往往兼而言笛。

⑧雪：这里指梅花如雪的颜色。

⑨须信道：当时俗语，意即"须知道"。

⑩疏影：语出林逋咏梅名句"疏影横斜水清浅，暗香浮动月黄昏"。

【评析】

这是一首咏梅词,一开始却不让梅出场。上阕,词人先把镜头给了困在小阁里的春光,给了锁在窗内的白昼,又给了幽闭深邃的画堂。待计时的篆香焚尽,黄昏降临,镜头才移向主角亲手种植的梅。此时氛围已烘托得刚刚好,闺阁寂寥,衬得残梅的形象越发孤寒。这种酝酿十足之后再进入正题的做法,词学家称之为"先盘远势"。下阕正面描写梅花,梅花风韵高绝,却难以经受风吹雨打,渐渐凋残。不知何家正吹笛?残梅配上笛音袅袅,愁绪愈浓。就在愁最深处,词人话锋一转,劝慰词中人,也劝慰读词人:莫要怨恨白梅渐残,如雪化一般。当你逢着一个月光清冷的良夜,稀疏的梅影亦美不胜收、别具风流。

有学者认为,在这首词里,李清照借残梅写的是她自己,写她饱受摧残的命运,写她高洁自爱的个性。这样的解读未尝不可,我只觉得,无需拐弯抹角的深意,这首咏梅词从谋篇布局到遣词造句,已足够美丽。

浣溪沙

　　淡荡春光寒食①天。玉炉沉水②袅残烟。梦回山枕隐花钿③。

　　海燕未来人斗草④，江梅已过柳生绵⑤，黄昏疏雨湿秋千。

【注释】

①寒食：见《怨王孙》（帝里春晚）注⑤。

②沉水：即沉水香，见《木兰花令》（沉水香消人悄悄）注①

③山枕：古代枕头的一种形制，中间低陷，两端隆起，有如山形。花钿：见《蝶恋花》（暖雨和风初破冻）注④。

④海燕：古人以为燕子在开春后从海上飞还，故称其为海燕。斗草：由采草药衍生而成的一种民间游戏，多盛行于女子之间。

⑤江梅：范成大《梅谱》详列各个梅花品种，说江梅也叫野梅，花朵较小，清瘦有韵致，香气最清。柳生绵：柳树生出了柳絮。

【评析】

这首词是喜悦的：东风和煦，杨柳生绵，佳人们头凑头聚在一起斗草，玉炉升起馥郁的轻烟，好一个淡荡春光寒食天。这首词是忧愁的：去年的燕子还没有来，爱重的江梅已过花期，早晨从梦中惊醒，清寂的黄昏又淅淅沥沥下起雨来，打湿了院里的秋千。整首词在两种情绪中自由切换、过渡自然，喜中藏着淡淡的愁，愁中裹挟浅浅的喜。你无法用一个词来总结这个春天，它的层次是如此丰富，不允许你这么做。另，这首小词还有个特别之处：写春的诗词多数堪称色彩斑斓，字里行间泼满赤橙黄绿青蓝紫，这首词却不用一点颜色——"黄昏"为固定词汇，此处的"黄"并不算描述色彩的字词。不使半分颜色，就叫你看见姹紫嫣红开遍，也叫你看见良辰美景奈何天，这才是李清照笔力的最强体现。

词中提到斗草，那是古人特别喜爱的一种游戏。春天最是斗草的好日子，古人常常阖家出动与邻里斗上一番。比赛当天，众人先各自采集草叶，时辰一到，聚在一起，比拼谁采的花草品种最多最稀有，当两人手里的花草数量不相上下时，就比拼谁的花草象征意义更吉祥美丽。为了增加斗草的刺激性，往往还要掷下赌资，"何如斗百草，赌取凤凰钗"（郑谷《采桑》）。唐代安乐公主为了斗草取胜，曾派人取来美髯公谢灵运的胡须，这个"品种"自然够新奇。唐代诗人王建的《宫词》说"水中芹叶土中花，拾得还将避众家。总待别人般数尽，袖中拈出郁金芽"，更是证明了斗草也要讲兵法——采得稀奇品种后莫要声张，且悄悄藏好，待旁人出尽百宝、招数已绝，再亮出杀手锏，不动声色地取得胜利。斗草还有简单版：两人各自挑选一根结实的草茎，将两根草茎缠在一起，双方同时用力拉扯，谁的草茎能挺到最后保持完璧，谁就是赢家。至于文人斗草，则会切换到比拼才思的模式：一方先拿出一草，同时报上草名，而这草名就相当于是个上联。接下来对手要迅速拿出另一种草，用这另一种草的草名去作下联，平仄与意思都得恰巧对上，譬如用"观音柳"对"罗汉松"，用"苍耳子"对"白头翁"。对得越是工整巧妙，就越能获胜。不知道那遥远的当年，李清照心仪的是哪一种斗草方式，玩过哪些或优雅或有趣的游戏。

山花子

　　病起萧萧两鬓华①。卧看残月上窗纱。豆蔻连梢煎熟水②，莫分茶③。

　　枕上诗词闲处好，门前风景雨来佳，终日向人多蕴藉④，木樨花⑤。

【注释】

①华：通"花"。古文中"华"就是"花"。"华"是本字，"花"是俗字，是六朝以后才有的字。"两鬓华"即两鬓花白。

②熟水：宋代一种饮料，是以长时间煮沸的水倒入容器里，再放入一些香料，密封储存。以熟水煮豆蔻，是当时一种用药方式。这一句呼应上文之"病"。

③分茶：用熟水煎新茶，茶汤表面会形成各种奇幻的图像。这一句承接上文，是说病后体弱，强打精神煎药来吃，再

没有兴致做分茶这种富于审美情趣的事情了。

④蕴藉：形容人宽和而有涵养，这里借以形容木樨花的姿态。

⑤木樨花：桂花。

【评析】

这首词作于李清照晚年。开篇即说自己韶华已逝、大病未愈，但你若以为全词的基调将悲凉到底那就大错特错了。从第二句开始，逐渐轻快起来，在李清照看来，生活中处处是趣味。北宋沦丧、金寇进犯、爱侣离世……种种不幸不能叫她低头，她岂是行动好比风扶柳的弱质女流？她是以"生当作人杰，死亦为鬼雄"为终极理想的易安居士。历经世事风波，令李清照愈发争分夺秒地寻求幸福，珍惜日常点点滴滴的美：窗纱、豆蔻、煎熟水，枕上、门前、木樨花，每一样都是旖旎风光，值得词人郑重记下。每次读这首词，看到老而弥坚的李清照，都会想起日本作家冈本加乃子《老妓抄》的结尾——故事中那位艺伎不因年老而放弃理想与希望，一如既往地向上攀援，最后，她写下铿锵的俳句以明志：

衰老一年年加深了我的伤感，

而我的生命却一天天更繁华璀璨。

浪淘沙

　　帘外五更风。吹梦无踪。画楼重上与谁同。

　　记得玉钗斜拨火，宝篆成空。^①

　　回首紫金峰^②。雨润烟浓。一江春浪醉醒中。

　　留得罗襟前日泪，弹与征鸿。

【注释】

①玉钗斜拨火：用发钗拨弄燃烧中的熏香。宝篆成空：篆香的图案被发钗弄毁了。参见《满庭芳》（小阁藏春）注①。

②紫金峰：或指南京紫金山，或泛指紫金色的山峰。

【评析】

这首词乃是存疑之作，若真为李清照所作，应是作于南渡之后。南渡，两个颇具诗意的字眼，却是李清照命途中最残酷的转捩点。南渡对于宋人来说，意味着屈辱：金人占领北宋首都汴京，东京繁华梦断，北宋政权被迫南迁，从此"直把杭州作汴州"。南渡意味着孤独：南渡后不久，丈夫赵明诚病死于建康（今南京），李清照永久失去知己。后虽再嫁，再嫁却非良人，不复与赵明诚的温暖默契，李清照在心灵上真真成了孑然一身。

此作历来被视为悼念亡夫之词：上阕写风吹梦醒，梦中片时相逢亦成泡影，醒来谁人做伴？过往温馨已成空。下阕写遥望埋葬着赵明诚的南京城，唯见烟雨蒙蒙，多少伤心无从排解，只得将思念的泪水弹与征鸿。这个收尾乍一看简单，联想李清照当时的处境，更觉伤心多一层：鸿雁能传书，但即使把泪和心事付与征鸿，它又能传递给何人，传递向何处？她信赖的人已亡，她眷恋的国已破。多年前的李清照，送别赵明诚时虽伤感，仍能怀着希望问一句"云中谁寄锦书来"；多年后的李清照，与赵明诚天人永隔，自己的心意只能随鸿雁去往茫茫不知何处。云中呵，再不会有锦书寄来。

孤雁儿①

藤床纸帐②朝眠起，说不尽无佳思。

沉香③断续玉炉寒，伴我情怀如水。

笛声三弄④，梅心惊破，多少春情意。

小风疏雨萧萧地，又催下千行泪。

吹箫人去玉楼空⑤，肠断与谁同倚。

一枝折得，人间天上，没个人堪寄。⑥

【注释】

①词前有小序："世人作梅词，下笔便俗。予试作一篇，乃知前言不妄耳。"

②藤床：藤编的便携床，以供户外休闲。纸帐：纸质帷帐，也是一种户外休闲的用具。

③沉香：即沉水香。见《木兰花令》（沉水香消人悄悄）

注①。

④笛声三弄：即笛子名曲《梅花三弄》。弄：乐曲的一支。

⑤吹箫人去玉楼空：用萧史、弄玉之典故：传说有一位俊彦青年萧史擅长吹箫，秦穆公把女儿弄玉嫁给了他，夫妇二人一同修仙，终于乘鸾引凤，升天而去。这里当时以"吹箫人"喻丈夫赵明诚，"吹箫人去"喻丈夫的亡故，自己独守空房，是为"玉楼空"。

⑥一枝折得，人间天上，没个人堪寄：反用《赠范晔》"折梅逢驿使，寄与陇头人。江南无所有，聊寄一枝春"诗意，意即丈夫亡故，自己的思念无从寄托。

【评析】

从小序看，这首应是咏梅词；但仔细读来，又觉无关梅花与风月，只在于悼亡。起笔开门见山，写独居的清冷：藤编的床，纸做的帐，断断续续的香气，幽寒的玉炉，情境里的一切都没有温度，映得人心冰凉，所以词人"无佳思""情怀如水"。此时，窗外又传来笛子吹奏的《梅花三弄》，乐声催开梅蕊，春意渐浓。下阕不再迂回，直诉对亡夫赵明诚缠绵的思念。"小风疏雨萧萧地，又催下千行泪"，风雨不是落在地上，而是卷过心底。斯人已逝，从此我还能与谁共倚楼？就算折下梅花，"人间天上"，相距何止万里，我的思念如何寄出，又能寄向何处？

下阕文字看似不着力，其实都巧妙地安排了典故。譬如那句"吹箫人去玉楼空"，意思虽然就是人去楼空，却比直言高明许多，因为其中包含了弄玉夫妇的典故：弄玉与萧史琴瑟和鸣，又共同修仙，亦是夫妻和睦的典范。李清照用此典，无需赘言与赵明诚曾经的恩爱，曾经的恩爱已呼之欲出。再说最后一句，藏着南朝陆凯率兵南征时折下一枝梅花作为礼物赠给范晔的故事。纵然江南一无所有，陆凯仍能找到表达思念的方法，给远方的朋友寄去一整个春天。反观李清照，能折下一枝春又如何？无处投递。李清照是满怀着羡慕运用这个典故的，在她看来，陆凯很幸运，分离虽伤痛，至少他的思念还可以寄予。不似自己，孤独到底。

清平乐

年年①雪里。常插梅花醉②。
挼尽梅花无好意③。赢得④满衣清泪⑤。

今年海角天涯⑥。萧萧两鬓生华⑦。
看取⑧晚来风势，故应难看梅花⑨。

【注释】

①年年：这里是"曾记年年"的意思，回忆南渡之前的岁月。上阕"里""醉""意""泪"在当时是可以押韵的。按照词谱，押韵的地方该点句号，但是按照语法，上阕的标点应该点成"年年雪里，常插梅花醉。挼尽梅花无好意，赢得满衣清泪"。

②常插梅花醉：倒装句，意思是：常常在醉里插梅花。

③好意：好心情。

④赢得：博得，落得。

⑤清泪：字面上指的是清洁的泪水，这里代指梅花上的露水。这首词是在抚今追昔。上阕四句追昔，怀念南渡之前的太平年景，说那时候自己还很年轻，年年在雪天饮酒、插梅花，却对这样的生活毫不珍惜，情绪不好的时候胡乱揉搓梅花，弄得衣服上全是露水。上阕以"清泪"结束，而下阕抚今的内容就真的流下伤心的泪水了。

⑥今年海角天涯：这一年因为躲避战乱，李清照仓皇南下，流离失所。

⑦萧萧两鬓生华：这一年李清照大约四十七岁，所以两鬓花白。

⑧看取："取"是语助词，无实义，所以"看取"的意思就是"看"。

⑨故应难看梅花：承接上句，因为风势太急，估计梅花会被风吹落，想看也看不到了。

【评析】

这是一首咏梅词，应是作于李清照南渡之后。上阕回忆南渡之前赏梅的片段：年少时，每当雪花飞舞，我便沉溺于插戴梅花的快乐中。慢慢长大，心事不停累积，虽然摆弄梅枝，却没什么赏玩的情绪，时常一边揉搓梅花，一边泪满衣襟。下阕转而说如今赏梅的情形：今年又到梅花季，我却因躲避战乱被迫南下，住在偏僻之地。叹年华匆匆，我稀疏的鬓发已斑白。看那晚来风急、袭扰梅枝，大概今夜也无法好好赏梅了吧。整首词不事雕琢，从回忆中的"年年雪里"，到今宵的"晚来风势"，只是冷静地平铺直叙，却带给读者难以言喻的沉痛。

这是本书最后一首咏梅词。数一数，李清照前前后后写了不少于八首咏梅词。不只清照如此，宋代文人雅士皆为梅花沉醉。晏几道、周邦彦、辛弃疾、姜夔、张炎等著名词人都多次吟咏梅花。梅文化在宋人手里发展得如火如荼，成为有宋一代名副其实的主流文化。宋人关于梅的创作充栋盈车，涉及诗、词、文、赋等多种文学体裁，其中又以诗词为最多。宋代咏梅词在数量和艺术表现等方面皆抵达前所未有的高度。

先用数据说话，据魏明果先生统计，《全宋词》中收词2万多首，咏梅词达1120多首，占5.6%。咏物词中，咏花词有2208首，其中，咏梅词多达1041首，占咏花词总量的47.15%。如果再算上《全宋词补辑》里的咏梅词，总数达1157首之多。咏荷花词排名第二，有173首；咏桂花词排名第三，有172首；咏海棠词排名第四，有123首；咏牡丹词排名第五，有116首。做个简单的算术题就会发现，梅花是宋人最爱吟咏的花卉，没有之一。因为即使将第二名到第五名数量全部加起来，也远没有咏梅词多。

再用内容说话。梅花的方方面面，宋人都不吝笔墨书写。他们写梅的色泽，如苏轼《定风波·咏红梅》"偶作小红桃杏色，闲雅，尚余孤瘦雪霜姿"；也写梅的香气，如晁补之《盐角儿》"香非在蕊，香非在萼，骨中香彻"。写雪中梅，如陈著《贺新郎》"且占雪溪清绝处，看精神、全是梅花做"；也写月下梅，如史达祖《鹧鸪天》"半窗月印梅犹瘦"。写盛放的梅，如曹勋《二郎神》"满槛梅花，绕堤溪柳，径暖迁莺相语"；也写凋落的梅，如王迈《贺新郎》"有多情、梅花雪片，殷勤相送"。写梅清晰可见的姿态，如王沂孙《花犯·苔梅》"古婵娟，苍鬟素靥，盈盈瞰流水"；也写梅虚无缥缈的投影，张炎《疏影·梅影》"依稀倩女离魂处，缓步出、前村时节"。他们将梅花拟人，如姜夔《夜行船》"玉笛无声，诗人有句。花休道轻分付"；甚至为梅招魂，如蒋捷《水龙吟·效稼轩体招落梅之魂》"醉兮琼瀣浮觞些。招兮遣巫阳些"。

将宋代所有的咏梅词加起来，几乎可以编成一部《关于梅花的一切》。而每位宋代文人的心底或是记忆里，总有一个角落，映着梅花孤瘦清绝的身影。

渔家傲①

天接云涛连晓雾。②星河欲转千帆舞。③

仿佛梦魂归帝所。④

闻天语。⑤殷勤问我归何处。⑥

我报路长嗟日暮。⑦学诗漫有惊人句。⑧

九万里风鹏正举。

风休住。蓬舟吹取三山去。⑨

【注释】

①这首词作于建炎四年（1130 年）。当时金兵南下，宋高宗逃难入海，李清照也一路南下避难，辗转依附于逃亡中的中央朝廷，大约在随从高宗御舟的时候创作了这首词。也有版本题为"记梦"，果然如此的话，词里描写的应当是梦中的景象。

②云涛：如云的海涛。天接云涛连晓雾，是海上清晨的景象，天、海、雾三者浑然一体，难分彼此。

③星河欲转千帆舞：这一句很难做出确切的解释。"星河"就是银河，"星河欲转"，随着时间的推移，银河在视觉上会转变角度，所以"星河转"意味着时间流逝，"星河欲转"就是说天快亮了。"千帆"既可能指人间的无数船只，也可能是把银河里的星星比喻为无数的船只。"舞"是形容"千帆"同时动起来的样子。

④仿佛梦魂归帝所：承接上句，既然"千帆舞"，词人也在梦中乘船航行到天上，到了天帝的宫廷里。"帝所"指的是天帝的居所。

⑤闻天语：承接上句，到了天庭之后，听到天上有声音——也许正是天帝的声音——在问自己。

⑥殷勤问我归何处：天上的声音充满关切地问我要到哪里去。殷勤：关切，并不是现代汉语里"殷勤"的意思。

⑦我报路长嗟日暮：这是回答天帝的话，回答的内容要分成两段来看，第一段是"我报路长"，意思是，我回答说要走的路很长，第二段是"嗟日暮"，意思是，叹息时间紧迫，已经日暮了，怕没办法继续赶路了，话里话外向天帝透露出求助的意思。这里暗用一则典故，出自《史记·伍子胥列传》。伍

子胥报仇心切，说"吾日暮途远，吾故倒行而逆施之"，因为自己的年纪已经很大了，感觉到时间太紧迫，生怕来不及完成复仇大业，所以不惜"倒行逆施"，做事不再遵循常理。

⑧学诗漫有惊人句：这一句还是回答天帝的话，用自谦的语气讲述自己的特长，那就是写诗能写出"惊人句"。"学诗"是自谦的话，并不直言自己"写诗"，仅仅说成"学诗"。"漫有"也是自谦的话，意思是"空有一些""胡乱有些"。"惊人句"出自杜甫的名句："平生性癖耽佳句，语不惊人死不休。"

⑨九万里风鹏正举。风休住。蓬舟吹取三山去：这三句是向天帝提出的请求，说现在正在刮着强风，希望天帝能够让这强风一直吹下去，把自己乘坐的小船吹到海外仙山上去。"九万里风鹏正举"出自《庄子·逍遥游》，说有一种大鸟，名字叫鹏，体型巨大，必须等到强风出现才能飞得起来，而一旦起飞，就会扶摇而上九万里。"蓬舟"，蓬草一样的小船，这是用夸张的比喻来形容船小。"三山"，传说中的蓬莱、瀛洲、方丈三座仙山，是仙人居住的地方。《史记·封禅书》记载过这样的传说，说战国年间，先后有几位大国君主派人出渤海寻访这三座仙山，但船刚刚靠近，就会有风把船吹开，始终无法靠岸。

李清照是婉约派的代表人物，填词用字端雅，多柔婉之美。但这首《渔家傲》是例外，它称得上是清照唯一一首豪放词。若将署名遮起来，我会猜它出自苏轼之手。

李清照曾乘船航行，这首词大概就来自那段经历。上阕以一幅壮美的海天图开头：天空辽阔，云海波涛汹涌，清晨的雾笼罩一切。银河在空中旋转，千帆也随之起舞。"星河欲转千帆舞"一句有各式各样的解释，并无定论，但历代读者就算不知确切意思，也纷纷为这句词中绚丽的意象所倾倒。接下来，词人在梦中乘船抵达天帝的居所，与天帝展开对话。天帝关切地问词人：你往何处去，可有归宿？下阕是词人给天帝的回答，说：我还有很长的路要走，可惜太阳将要落下，时间所剩无几。我学作诗，空有一些惊人的句子，却是浑无用处。此时正刮着强风，但我内心没有丝毫恐惧，反而，我想恳求天帝，让这强风一直吹下去，直把我乘坐的小船吹到传说中的仙山。"蓬舟吹取三山去"一句，正好回答了上阕的"殷勤问我归何处"，远离人间风波的世外仙境才是词人期待的归宿。

整首词气势恢宏，想象雄奇瑰丽。云涛、晓雾、星河、千帆、帝所、风鹏、三山……这些意象在当时多为男子专属，但李清照不是只懂得洗手做羹汤、绣花鸟的平凡女子，她虽不能踏出闺阁建功立业，但心高气傲，有着绝不输给男儿的志向和胸怀。这样的李清照上天入海，将宇宙间林林总总的宏大意象信手拈来，给我们看见她飞扬的一面。每次读这首词，都会不由自主地想起《木兰从军》里那句"这女子们，哪一点不如儿男"！

菩萨蛮^①

风柔日薄^②春犹早。夹衫乍著^③心情好。

睡起觉微寒。梅花鬓上残。

故乡何处是。^④忘了除非醉。

沈水^⑤卧时烧。香消酒未消。

【注释】

①这首词是李清照南渡之后思乡的作品。

②薄：晦暗。"薄"和阳光有关的义项主要有两个，很容易被混淆。"日薄西山"的"薄"是"接近""迫近"的意思，这里单独说"日薄"，是阳光晦暗的意思。

③夹（jiá）衫：双层的意思。乍：刚刚。著（zhuó）：穿上。

④故乡何处是：李清照的家乡山东这时候已经被金人

占领。

⑤沈水：沉水香。"沈"通"沉"。见《木兰花令》（沉水香消人悄悄）注①。

【评析】

这首词作于南渡之后，李清照晚年时。上阕写早春清爽的风物，下阕写对故国又细又长的思念：东风轻柔，阳光清浅，春天已早早来到。换下厚重的衣物，穿上双层衫子，心情轻快起来了呢。一觉醒来，身上微凉，连鬓边插戴的梅花也凌乱了。可是举目四望，我的故国在哪里呢？要忘记生于斯、长于斯的家园，只有饮酒醉倒。躺下睡觉时点燃了沉香，现在我醒来，袅袅香雾已消散无痕，而我的酒气还未消散。有些话词人没有说出口，但读者能体会：未消散的岂止是酒气？还有那沉重的乡愁。

全词采用对比手法，上阕写春来到的欢喜，下阕写望乡却不知乡关何处的委屈，上阕再多的欢喜，都无法消解下阕的委屈。上阕欢喜越多，越反衬出下阕思乡的痛楚。南国"风柔日薄"，春天也来得特别的早，南国并不是不好。但南国不是故国，南国没有能够温暖词人心灵的旧识与乡音。

在南渡之后的词作里，清照始终表现出一种近乎偏执的倔强，绝不肯爱上异乡，不愿从异乡的土地上获取任何幸福与力量。可能在李清照的心底，若不抗拒异乡，便是对汴京的巨大背叛。

好事近

风定落花深，帘外拥红堆雪①。

长记海棠开后，正伤春时节。②

酒阑③歌罢玉尊④空，青缸⑤暗明灭。

魂梦不堪幽怨，更一声啼鴂⑥。

【注释】

①拥红堆雪：形容风吹过后，红花白花落了满地的样子。

②长记海棠开后，正伤春时节：海棠开后，春天就要结束了，所以惹人伤感。

③阑：将尽。

④尊：酒樽。

⑤青缸：青灯。"缸"在这里是"油灯""灯盏"的意思。灯光晦暗，绿莹莹的，所以称为"青缸"。

⑥鴂（jué）：杜鹃鸟，啼声悲切。

【评析】

这是一首作于南渡之前的伤春词。上阕直叙春日将逝的情形：风过之后，花落了红红白白的一地。待海棠花季一过，春便进入尾声，正是令人伤感的时节。落花虽为衰败景象，词人写来却是"拥红堆雪"，悲伤又艳丽。下阕写在宴饮结束之后，歌声停了，酒杯空了，油灯也暗了，欢愉消散无痕。女主人独居深院，因忧愁而失眠，再加上杜鹃鸟一声悲凄的啼鸣，愈加心碎。有了轻歌曼舞、酒香四溢的欢宴，才更能衬托曲终人散的寂寥。

这首词以落花开篇，下笔便写繁华折尽，奠定了全词伤感的基调。落花，这一意象究竟是几时在文学作品中出现的呢？有研究者认为，文学史上的第一次落花出现在《诗经·小雅·苕之华》中："苕之华，芸其黄矣。"但考察这句诗的意思，它仅仅是指凌霄花开了，花儿一片金黄，此"黄"并非花叶凋落的"枯黄"，与落花没有关系。开启"落花"吟咏之先河的作品更晚近一些，应当是《楚辞》，在"虽萎绝其亦何伤兮，哀众芳之芜秽"等句里，"落花"意象正式登场。从此往后，文人骚客笔下落英缤纷。

在宋代，"落花"意象被广泛运用到词作中，《全宋词》里有上千首落花词。宋人有着深深的忧患感，国家外患不断，仕途艰险难攀，于是宋人常作世事无常之叹。在词人们触手可及的事物中，还有什么比"落花"更能传达飘零之感？花开灼灼，却转眼凋残，人世繁华也如花开花谢一般，不过是黄粱一梦。

　　落花也是李清照最爱使用的意象之一，翻阅她的词集，随处可见粉的白的黄的各色花瓣扑簌簌掉将下来，比如："髻子伤春慵更梳。晚风庭院落梅初"（《浣溪沙》）；"花自飘零水自流。一种相思，两处闲愁"（《一剪梅》）；"知否，知否。应是绿肥红瘦"（《如梦令》）；"风住尘香花已尽，日晚倦梳头"（《武陵春》）；"远岫出云催薄暮，细风吹雨弄轻阴。梨花欲谢恐难禁"（《浣溪沙》）；"从来知韵胜，难堪雨藉，不耐风揉"（《满庭芳》）；"朗月清风，浓烟暗雨，天教憔悴度芳姿。纵爱惜、不知从此，留得几多时"（《多丽·咏菊》）；"惜春春去。几点催花雨"（《点绛唇》）；"不怕风狂雨骤，恰才称、煮酒残花"（《转调满庭芳》）；"更挼残蕊，更捻余香，更得些时"（《诉衷情》）……一次又一次，词人借着繁花凋落的残局，诉说那些秘而不宣的心事。年年有花落，年年有伤情。

长寿乐·南昌生日①

微寒应候②，望日边③，六叶阶蓂初秀④。

爱景⑤欲挂扶桑⑥，漏残银箭⑦，杓回摇斗⑧。

庆高闳⑨此际，掌上一颗明珠剖⑩。

有令容淑质⑪，归逢佳偶⑫。

到如今，昼锦满堂贵胄。⑬

荣耀。文步紫禁⑭，一一金章绿绶⑮。

更值棠棣连阴⑯，虎符熊轼⑰，夹河分守⑱。

况青云咫尺⑲，朝暮重入承明后⑳。

看彩衣㉑争献，兰羞玉酎㉒。

祝千龄，借指松椿比寿。㉓

【注释】

①南昌生日：词题表明这是一首祝寿之作。"南昌"是北宋名相文彦博的孙女，韩肖胄之母文氏夫人的诰命。李清照一家和韩家有世交，写这首词为韩母祝寿。

②微寒：天气微凉。应候：顺应节令。"微寒应候"是说天气微凉，正是当下的节令该有的样子。

③日边：比喻皇帝身边，代指中央朝廷。相传伊尹将要辅佐商汤王的时候，梦见自己乘舟经过日月之旁。

④六叶阶蓂初秀：传说在尧帝时代，有一种瑞草叫作蓂，生长在台阶两边，每个月的初一到十五，每天长出一个荚，从十六日到月终，每天掉落一个荚。如果遇到小月，最后一个荚就只会枯萎而不会掉落。所以这种瑞草也被称为蓂荚或历荚，可以用来计时。"六叶阶蓂初秀"，就是说蓂草刚刚生出了六个荚，这是暗示南昌夫人的生日就在当月初六那天。

⑤爱景（yǐng）：和煦的阳光。爱，通"暖"。景，通"影"。

⑥扶桑：传说中的神树，太阳西沉之后就挂在扶桑的树枝上。

⑦漏残银箭："漏"是夜晚室内使用的计时工具，"银箭"是"漏"里边标记刻度的零部件。"漏"里边会盛满水，底下

有一个很小的出水口，水缓缓滴落，水位因此缓缓下移，水平线对应的"银箭"上的刻度就是当下的时间。水快要流尽，"银箭"也快要完全显露出来的时候，就是"漏残银箭"的时候，天快要亮了。

⑧杓回摇斗："杓"（biāo），北斗星的斗柄。"斗"，北斗星。随着四季的推移，北斗星的斗柄会指向不同的方向。"杓回摇斗"在这里是说快要换季了，春天就要来临了。

⑨高闳：高门大户。

⑩掌上一颗明珠剖：比喻生下了一个让人珍爱的女儿。以上几句都是在描述南昌夫人的出生。

⑪令容淑质："令"和"淑"都是"美好"的意思。"容"是容貌，"质"是品德。

⑫归逢佳偶："归"指女子出嫁。

⑬到如今，昼锦满堂贵胄：这句以前描述了南昌夫人的诞生、容貌、品德，最后讲到她的出嫁，嫁得"佳偶"，这里转回现实，说的是南昌夫人当前的生活：享受着荣华富贵，子侄和亲戚尽是高官。"昼锦"是取"衣锦夜行"相反的意思。项羽有一句名言："富贵不还乡，如衣锦夜行。"意思是，人在发达之后如果不能还乡炫耀，就像穿着锦缎走夜路一样。"昼锦"顾名思义，就是要穿着锦缎在大白天出入，偏要让别人

看到。韩肖胄的曾祖父韩琦镇守相州的时候，修了一座昼锦堂，欧阳修还专门写了一篇《相州昼锦堂记》。韩家三代人先后在家乡做官，因此昼锦的典故别有一番深意。

⑭文步紫禁：紫禁代指皇宫。古代星象学里，以天上的紫微垣作为天帝居住的宫城，对应在人间就是皇帝居住的宫城。"文步紫禁"是说南昌夫人的子侄和亲戚尽是以文职高官，侍奉在皇帝左右。

⑮金章绿绶：挂着绿色绶带的金印，代指高官身份。

⑯棠棣：一种木本植物。《诗经·小雅》有一首《棠棣》，是宴请兄弟的诗，表现兄弟之情，所以棠棣一词用作典故，有兄弟之情的含义。韩肖胄兄弟和睦，自己的儿子和兄弟的儿子仕途都很顺畅，所以说"棠棣连阴"。

⑰虎符熊轼：虎符是古代的兵符，雕刻成猛虎的样子，剖成两半，一半在军队，一半由国君掌握，虎符合拢才可以调动军队。熊轼是雕刻成熊的样子的车前横木，用作乘车人的扶手。在礼制规范里，不同等级的人，车子上的标志物是不同的。《后汉书·舆服志》记载，只有公爵、列侯才有资格乘坐带有熊轼的车子，后人以熊轼代指中央高官和地方高级长官。

⑱夹河分守：汉代名臣杜周的两个儿子分别在黄河两岸担任郡守，李清照用这个典故类比韩家。

⑲青云咫尺：字面意思是距离青云只有咫尺之遥，比喻转眼就会高升。

⑳朝暮重入承明后：比喻早晚将会朝见皇帝。"承明"，汉代皇宫内有承明庐，是侍臣值班的宿舍。

㉑彩衣：传说有一位老莱子，对父母非常孝顺，自己虽然七十高龄了，还会穿着婴儿风格的五色彩衣，学着婴儿的样子逗父母高兴。这里用老莱子的典故，并且说"看彩衣争献"，是夸南昌夫人的各个儿子都很孝顺。

㉒兰羞玉酎：兰羞，美味的菜肴。玉酎，美酒。

㉓祝千龄，借指松椿比寿：松树和椿树都以长寿著称，所以古人祝寿爱用"松椿"的意象。

【评析】

这是一首写给贵妇的祝寿词，通篇皆是吉祥话，不是称颂寿星气质高贵、子孙荣耀，就是祝寿星长命百岁、家人加官晋爵。主题虽俗不可耐，李清照却写得含蓄，用典精巧，不负才女之名。

上阕，开头六句写寿星的诞生的季节、日期、时辰，用"微寒应候""杓回摇斗"表明寿星出生在冬末微冷的月份，用"六叶阶蓂初秀"表明生日在当月的初六，用"漏残银箭"表明出生在当天清晨天快亮时。如何优雅地描述一个人的生辰八字，李清照给出了完美示范。接下来，写寿星从出生那天起便受到家人的珍视，"掌上一颗明珠剖"带有活泼泼的动感，比静态的"掌上珠"显得更为有趣。寿星占尽万千宠爱，且命途顺遂：容貌端丽，觅得佳婿，如今子孙也大有出息，"昼锦满堂贵胄"。下阕，歌颂寿星满门荣耀，"文步紫禁""金章绿绶"讲寿星家族个个皆是高官厚禄，"棠棣连阴""虎符熊轼""夹河分守"讲寿星的子侄彼此友爱又都建立了功业，最后词人恭祝寿星家的子弟扶摇直上，寿星千千岁。

俗话常讲"话糙理不糙"，意即一段话虽然不加修饰，甚至不太好听，但道理很正确。李清照这首词倒是证明了何谓"理糙话不糙"，不过就是恭维权贵而已，却字字高雅，创造出极高的文学价值。

武陵春①

风住尘香花已尽②，日晚倦梳头。

物是人非事事休。欲语泪先流。

闻说双溪③春尚好，也拟泛轻舟。

只恐双溪舴艋舟④，载不动、许多愁。

【注释】

①这首词是绍兴五年（1135年）李清照避乱南下流寓金华时的作品，是李清照的名作。

②风住尘香花已尽：先说风停了，空气里闻不到花香了，从这里引出"花已尽"。暮春时节，正容易让人触景伤情。

③双溪：金华名胜。

④舴艋舟：舴艋（zé měng），俗称蚂蚱。舴艋舟就是形状像蚂蚱一样的小船，船头和船尾都是尖头。

国学经典丛书第二辑

【评析】

愁绪难写，它是一种抽象、复杂又细腻的情感。将看不见、摸不着、够不到的愁实体化，是历代文学家都喜欢挑战的项目，其中不乏精彩绝伦的尝试。比如贺铸的《青玉案》，"试问闲愁都几许？一川烟草，满城风絮，梅子黄时雨"，把愁喻为草、飞絮、梅雨，言愁之密集；李煜的《虞美人》，"问君能有几多愁，恰似一江春水向东流"，把愁比作奔向东方的春水，言愁之滔滔不绝；沈端节的《菩萨蛮》，"春山万里共行色，客愁浓似春山碧"，春山连绵不断，春绿亦蔓延万里，以春绿喻愁，言愁之绵延；姜夔的《长亭怨慢》，"算空有并刀，难剪离愁千缕"，把愁视为并刀也无法剪断之物，言愁之难缠；冯延巳的《蝶恋花》，"撩乱春愁如柳絮，悠悠梦里无寻处"，将愁比作四处飘荡的柳絮，言愁之纷繁凌乱……而李清照的这首《武陵春》，更是同类作品中的佼佼者。

上阕写自己目见暮春景物凋残，无心打扮。时光匆匆流走，春来春去，年年岁岁景物依然，岁岁年年人却不复从前。想说些什么，话还未出口，泪已先流。下阕则是宋词史最闪亮的片段之一，用典型的通感修辞，表现愁绪之重。词人娓娓道来：我听闻双溪还残留着春日的风光，想登船游赏，但又担心小船单薄，载不动我内心沉沉的忧愁。在这里，词人没有把愁比喻成铅块、巨石、青山之类的沉重之物，而是直接将虚无缥缈的愁绪，当作触手可及的实体，它有形状、有重量。词人登船，它就压在船头；词人不登船，它就压在心头，无力摆脱。

转调满庭芳①

芳草池塘②，绿阴庭院，晚晴寒透窗纱。

玉钩金锁③，管是客来吵④。

寂寞尊前席上，惟愁海角天涯。⑤

能留否，酴醾落尽，犹赖有梨花。⑥

当年⑦、曾胜赏⑧，生香熏袖⑨，活火
分茶⑩。

极目犹龙骄马，流水轻车。⑪

不怕风狂雨骤，恰才称、煮酒残花。⑫

如今也，不成怀抱，得似旧时那。⑬

李

清

照

集

【注释】

①转调满庭芳：词牌有《满庭芳》。所谓《转调满庭芳》，
是在《满庭芳》的基础上略做变化，加入衬字，形成新的曲

调。这首词大约是在李清照流寓杭州期间所作，在寂寞冷清的日子里怀念当初北宋都城汴梁的繁华。

②芳草池塘：出自谢灵运的名句"池塘生春草"，点明时令。

③玉钩：帘钩，用来挂起门帘或窗帘。金锁：门上的锁扣。

④管是客来吵：大意是："准是来了客人了。"管是，宋朝口语，相当于"准是"。吵，语助词，相当于"了"。

⑤寂寞尊前席上，惟愁海角天涯：寂寞地在宴席上发愁，担心安定的日子不会长久，还会海角天涯地继续流落。这个时候杭州的政局并不稳定，金兵随时可能南下。

⑥能留否，酴醾落尽，犹赖有梨花：这是一句双关语，表面上说荼蘼花已经落尽了，春天不知道能不能留住，幸好还有梨花开着，也许春天还会延续一些时候吧。引申义是，自己能否长久地留在杭州，这是未定之数。酴醾（tú mí），现多写作荼蘼，是春天开得最晚的花种，当荼蘼落尽的时候，意味着春天的结束。

⑦当年：怀念当年。以下几句怀念当年太平时代的汴京盛况。

⑧胜赏：尽情欣赏。

⑨生香熏袖：衣袖上悬挂着装有上等麝香的香囊，所以袖子被熏出了香味。生香，上等麝香。

⑩活火分茶：这是宋朝流行的茶道手法。所谓活火，今天称为明火，也就是看得见火苗的火。宋朝人喝茶，既有冲泡的喝法，称为点茶，又有煮茶的喝法，这是从唐朝流传下来的。精于茶道的人发现，煮茶最好用明火来煮。所谓分茶，是在茶汤里巧妙地搅拌，使浮在茶汤上的茶沫形成图案，有点像今天咖啡店里做的卡布奇诺，但分茶形成的图案转瞬即逝，不能持久。

⑪极目犹龙骄马，流水轻车：化用李煜的词句"车如流水马如龙"。

⑫不怕风狂雨骤，恰才称、煮酒残花：意思是说，在当年生香熏袖，活火分茶的日子里，就算有狂风暴雨也无妨，那时候就不喝茶了，改成煮酒，也就是用热水把酒温起来，边饮酒边赏残花，正好和天气的变化搭调。

⑬如今也，不成怀抱，得似旧时那：如今连残花都少了，捧不满一怀，哪像以前在汴梁的时候呢。那，语助词，相当于"吗"。

【评析】

这首词作于南渡之后。上阕写眼前实景：池塘生春草，绿荫满庭院，春光撩人。时间到了黄昏，稀薄的阳光带着寒意透进纱窗。锁扣与门帘沙沙作响，一定是客人到来。可我即使置身欢腾热闹的宴会之上，有酒有伴，我也只觉得寂寞，因为此乡非故乡，故乡已不再，自己随时可能流落到天涯海角。开到荼蘼花事了，庭院里荼蘼花已落尽，春天快要离开。不知梨花能否替我再挽留一下春光呢？下阕追忆往昔汴京的繁华：想当年都会风流，我也曾目见箫鼓喧空、花光满路。衣物染香，生火点茶，处处可见风雅之心。汴京天街御路上，数不清的宝马香车，道不完的争相驰骋。在那样的好日子里，我即使遇上狂风暴雨也不怕，只管煮我的美酒，赏我的残花。如今心情全不同于旧时，永别了，无忧无虑的岁月。

北宋都城汴京有的风光，南宋都城杭州也有，君不见柳永在《望海潮》里狂赞杭州"东南形胜，三吴都会，钱塘自古繁华"！可杭州不是词人的家，杭州是家的赝品，即使"烟柳画桥，风帘翠幕，参差十万人家"再美丽，与她又有何关系？词人恋恋不舍、至死难忘的，只有汴京的"犹龙骄马，流水轻车"。套用金庸先生《白马啸西风》的结尾，那就是"江南有三秋桂子、十里荷花，有市列珠玑、户盈罗绮……但这个美丽的姑娘就像古高昌国人那样固执：'那都是很好很好的，可是我偏不喜欢。'"。

永遇乐·元宵①

落日镕金，暮云合璧，人在何处。②

染柳烟浓，吹梅笛怨，③春意知几许。

元宵佳节，融和天气，次第④岂无风雨。

来相召、香车宝马，谢他酒朋诗侣。⑤

中州盛日，闺门多暇，记得偏重三五。⑥

铺翠冠儿，捻金雪柳，簇带争济楚。⑦

如今憔悴，风鬟霜鬓⑧，怕见夜间出去。

不如向、帘儿底下，听人笑语。

李清照集

【注释】

①这首词是李清照晚年写于南渡之后的临安。当时战事稍稍平息，宋金之间已有言和之意，临安又是一片"山外青山楼外楼，西湖歌舞几时休"的景象，元宵佳节人们忙着赏灯，

李清照却毫无心情，将自己封闭在家里。

②落日镕金：形容落日的光芒像熔化的黄金。暮云合璧：形容暮色中的云彩衬托着元宵佳节的一轮满月。人在何处：在"落日镕金，暮云合璧"的铺垫下，突然道出一句"人在何处"，恍惚间不知自己身在哪里，点出了流寓临安的凄凉之意。

③染柳烟浓：形容柳树笼罩在迷蒙的烟霭里。吹梅笛怨：笛子曲有《梅花落》，曲调哀怨。

④次第：光景，情形。

⑤来相召、香车宝马，谢他酒朋诗侣：这一句是承接上句而来，意思是说，元宵佳节虽然天气晴好，有酒朋诗侣们乘着香车宝马来邀请自己外出赏玩，但自己觉得这天气也许会有风雨，还是不去了吧。谢：辞谢。

⑥中州：这里指北宋京城汴京（今开封）。盛日：这里指元宵节。三五：正月十五日元宵节。这一句开始回忆南渡之前在汴京度过的元宵佳节。

⑦铺翠冠儿：嵌插着翠鸟羽毛的女帽。捻金雪柳：一种缝着金线捻丝的花朵样子的饰物。簇带：插戴。济楚：整齐美丽。

⑧风鬟霜鬓：形容头发花白而散乱。

【评析】

这是李清照写于南渡之后的一首元宵词，上阕写今年元宵，下阕写往昔元宵。起句描绘元宵当天的落日景象，将落的太阳如同熔化的黄金，黄昏的云彩聚合在一起如同玉璧，这样的情景绮丽又悲壮。恍惚中，词人发出一连串的疑问：我此刻身在何处呢？柳色朦胧如烟，梅花也在笛声中逐渐凋落，春光还剩多少呢？佳节，又适逢好天气，但接下来难道就没有风雨了吗？种种疑虑交错，因此即使有亲友相邀赏春，词人亦无情绪，通通回绝。下阕一转，词人对眼前杭州的盛景视而不见，遥想从前北宋汴京的兴旺：那时候，自己多有闲暇游乐。逢上众人最为重视的元宵，便与女伴们挑选饰有翠羽的鲜艳帽子、金丝素绢捻成的时髦头饰，重重叠叠插戴许多，整齐漂亮地出门过节。当年意气风发，如今只剩苍苍白发，不敢出门赏灯，只躲在帘后，听那与我无关的欢声笑语。想象词人在热闹的节日里始终与快乐相隔一帘的情形，几乎叫人泪下。

据不完全统计，宋代节令词约 1310 首，其中元宵词约 297首，占了节令词四分之一壁江山，直观地证明了宋人对元宵的重视与热爱。元宵节在宋以前主要是上层社会玩乐的节日，而到了宋代，它一跃成为全民性狂欢节日。在元宵节的普及过程里，宋代统治者绝对功不可没，不仅下诏延长元宵张灯放夜的天数，还自降身份、放下威仪与百姓一同观灯。

汴京元宵的美好我们知道，词的下阕有描绘，宋人笔记亦多有记载，如孟元老《东京梦华录》所述："正月十五日元宵，大内前自岁前冬至后，开封府绞缚山棚，立木正对宣德楼，游人已集御街两廊下。奇术异能，歌舞百戏，鳞鳞相切，乐声嘈杂十余里，击丸蹴鞠，踏索上竿……自灯山至宣德门楼横大街，约百余丈，用棘围绕，谓之'棘盆'，内设两长竿高数十丈，以绘彩结束，纸糊百戏人物，悬于竿上，风动宛若飞仙。"歌舞、杂技、灯山、彩绘，一应俱全，汴京城的快乐穿越千年扑面而来。那么，李清照的悲伤是源于杭州的元宵节俗与汴京的殊为不同吗？不，各种史料记载皆表明，南宋政府同样看重元宵，过节时杭州的欢腾热闹只有过之、而无不及。宋末文人周密在《武林旧事》里以几乎自豪的口吻记录了属于杭州的正月十五："邸第好事者，如清河张府、蒋御药家，闲设雅戏烟火，花边水际，灯烛灿然，游人士女纵观，则迎门酌酒而去。又有幽坊静巷好事之家，多设五色琉璃泡灯，更自雅洁，靓妆笑语，望之如神仙。"杭州的元宵呵，处处太平景象，家家富贵非常——细想来，外表衰老并非清照闭门不出的理由，经历国破家亡、至爱离世，灵魂已两鬓斑白才是无心娱乐的根源。

怨王孙

梦断漏悄①。愁浓酒恼。

宝枕生寒，翠屏②向晓。

门外谁扫残红。夜来③风。

玉箫声断人何处。④

春又去。忍⑤把归期负。

此情此恨。此际拟托行云。问东君⑥。

【注释】

①漏悄：更漏寂静无声。更漏是古代的计时器，用铜壶盛水，水逐渐滴落，铜壶里的水位越来越低，水平面和刻度尺相切的地方就指示着当时的时刻。

②翠屏：精致的小屏风，这是一种放在床头的小屏风，防止人在睡觉的时候被凉风吹到。

③夜来：昨夜。

④玉箫声断人何处：字面意思是箫声停止了，吹箫的人不知道去了哪里。这里仍然用了擅长吹箫的萧史和秦穆公女儿弄玉的典故。李清照用到这则典故，暗示出丈夫已经离自己而去。

⑤忍：怎忍，不忍。

⑥东君：春天之神。

【评析】

这首词表达了对远游人的思念以及独居的落寞。

上阕写景：半夜从梦中惊醒，连计时的更漏都悄无声息。斟一杯薄酒浇愁，无奈愁浓，酒力无法消解。自己再睡不着，枕头也生出凉意来。屏风上映出清晨的微光，原来已从夜半熬到天明。门外谁在打扫落花呢？昨晚风急，花落知多少。下阕抒怀：丈夫远游，山长水阔，不知人在何处。杂花生树，群莺乱飞的春天又要过去，他怎么忍心错过归期，错过两人一同赏春的机会呢？只能将心事托付于天上的流云，请它去问问春神。具体要问春神什么问题呢，是问春光能不能在身旁多停留一会儿，还是问自己的青春还有几多时？是问路漫漫其修远兮，游子归不归，还是问游子之路是否也有繁花相随？清照未言明，留给读者遐想的空间。

　　《草堂诗余隽》盛赞此词的结尾："一结无限情恨，犹有意味。"之所以能余韵悠长，正是因为作者在关键处戛然而止，未说破心事。文学与数学有着不同的游戏规则，在文学的世界里，有时候，减法比加法更能达意，不说比说表达得更透彻。

山花子

揉破黄金万点明。剪成碧玉叶层层。①
风度精神如彦辅②，太鲜明。

梅蕊重重何俗甚，丁香千结苦粗生。
熏透愁人千里梦，却无情。

【注释】

①黄金，碧玉：形容桂树的嫩芽和树叶。

②彦辅：晋朝人乐广，字彦辅，当时世人公认为风流俊雅
的名士以乐广和王衍为首。这里是以乐广的精神风貌形容
柳树。

【评析】

此词咏桂花。首两句形容桂花盛开如黄金万点，在茂盛绿叶

的衬托下，越发明媚动人。次两句称赞桂花的精神犹如晋代雅士乐广一般，格外风流俊雅。换头，笔锋陡转，写起别的花卉来。梅花花瓣重叠繁复，丁香开得拥挤而粗陋，唯有桂花清丽脱俗。李清照极爱梅花，前文我们也已读过她多首梅花词，但梅花到了桂花面前，也只落得个"何俗甚"的评价，可见桂花在李清照心里的地位。桂花纵有千好万好，末两句却说了桂花的一个缺点：浓香将好不容易入睡的愁人熏醒，惊破与心上人千里相聚的美好梦境，忒无情。但换个角度想想，如若花香浅薄，哪能唤醒愁人呢？如此结尾，对桂花既是抱怨，也是赞美。

　　桂花的香气的确非其他花卉所能比，因此从宋代到明代，人们爱上了用它做桂花蒸糕。宋人给这种点心取了个贴切又吉祥的名字，叫作广寒糕。在中国古老的传说里，月亮上有广寒宫，广寒宫就是蟾宫，蟾宫前有桂树，蟾宫折桂象征着在科举考试中夺魁，总之经过多次等量代换之后得出的结论是：广寒糕代表金榜题名。宋朝每逢科考之年，士子们互赠广寒糕成为风潮，广寒糕当然没能力保佑每位吃了它的士子都如愿以偿，但有宋一代崇文抑武，科考录取人数大大增加，对比唐朝科考低到残酷的录取比例，宋代士子幸福爆棚。不知道宋代考生颇高的成功率中，是否有甜甜糯糯的广寒糕的一份功劳？

声声慢①

寻寻觅觅，冷冷清清，凄凄惨惨戚戚。②

乍暖还寒时候，最难将息③。

三杯两盏淡酒，怎敌他、晚来风急。

雁过也，正伤心，却是旧时相识。

满地黄花堆积。

憔悴损，如今有谁堪摘。

守着窗儿，独自怎生得黑。

梧桐更兼细雨，到黄昏、点点滴滴。

这次第④，怎一个愁字了得。

【注释】

①声声慢：宋朝词人蒋捷在用这个调子填词的时候，每个韵脚都用"声"字，故此得名。《声声慢》原本押平声韵，音

色特点是悠扬舒缓，但李清照把音律做了一些改变，韵脚改为入声，音调便多了几分逼仄与忧伤。这首词写于南渡之后的一个秋日，悲秋感怀。

②寻寻觅觅，冷冷清清，凄凄惨惨戚戚：诗词常用叠字，但从没有人像李清照这样一连使用14个叠字，并且自自然然，毫无雕琢之态。所以古人盛赞这一句的叠字之工，称其包含恍惚、寂寞、悲伤三层递进的意境，真有大珠小珠落玉盘之妙。

③将息：调养，休息。

④次第：光景，情形。

【评析】

李清照喜用叠字，在现存的易安词里，约有四成使用了叠字。叠字入词并非词人清照首创，但想要用得漂亮殊为不易，她在前人基础上向前迈了一大步，充分发掘了叠字的音韵美。叠字运用的巅峰之作当属这首《声声慢》，从上阕的"寻寻觅觅，冷冷清清，凄凄惨惨戚戚"，到下阕的"到黄昏、点点滴滴"，撇开只追求形式的游戏之作不算，李清照这样的写法堪称前无古人。宋人也注意到了李清照对叠字独特的运用，张端义在《贵耳集》里大加赞扬："且《秋词·声声慢》：'寻寻觅觅，冷冷清清，凄凄惨惨戚戚。'此乃公孙大娘舞剑手。本朝非无能文之士，未曾有一下十四叠字者，用《文选》诸赋格。后叠又云：'梧桐更兼细雨，到黄昏、点点滴滴。'又使叠字，俱无斧凿痕……妇人中有此文笔，殆间气也。"

开篇七对叠字，浑然天成，意思层层递进：在身边"寻寻觅觅"，想要找到一丝温暖和乐趣，却发现四处"冷冷清清"，无人陪伴、无所寄托，心里顿感"凄凄惨惨戚戚"。叠字抒怀之后，转入对时节的描述：在这暖中又有凉意的秋季，最难调养身体，几杯薄酒如何能抵御寒风侵袭？雁飞过，鸣声凄厉，细看来，那群雁正是词人的旧识。雁的确是词人曾在汴京见过的那群吗？不重要，重要的是落寞的词人急于寻求和故国的一点点联系。由此可见，经历国破家亡的词人内心悲凉到何等境地，就连鸟飞过，也忍不住去识别它们会不会跟自己一样，曾见过汴京的蓝天。

上阕有一处争议，多数选本作"晚来风急"，但有少数选本作"晓来风急"。著名学者吴小如先生就支持少数派，还有一番高妙的推理：认为秋天该说"乍寒还暖"，只有早春天气才是"乍暖还寒"。所以"乍寒还暖"应是写一日之晨，太阳出来，所以"乍暖"，但早晨还有凉意，所以说"还寒"。既然清照的"乍暖还寒"写的是早晨的温度，下文自然该是"晓来风急"——这番推理很精彩，不过笔者想，真相也许很简单，联系上下文，这句明显就是交代词人处在时暖时寒的秋季。李清照之所以写"乍暖还寒"，没什么暗藏的小心思，就是为了合词牌的格律而已。如果用"乍寒还暖"，此处便出律了，文学修养极高的李清照断断不可能犯这样的错。古诗词中，常有模糊表达，解诗词时若逐字计较，那不合理的地方多了去了，反而会失了原作的真意。其实，"乍暖还寒"也好，"乍寒还暖"也好，不必抠字眼，这两种表达都是讲天气捉摸不定、寒暖交加，而李清照选择了合格律的一种表达。

转入下阕，词人将视线从长空秋雁收回到自家庭院。满地菊花盛开，好美的光景。但自己忧伤憔悴、无心赏菊，花儿还有谁会去采摘？坐在窗前，看外面光线的变化，独自一人如何才能熬到天黑呢？黄昏惨淡，无可奈何的是天空还下起了雨，打在梧桐上渐渐沥沥。如此情形，岂是一个"愁"字就能总结的？写到此处，愁心已到极限。

上下阕皆用叠字，在节奏和音韵上形成了优美的连贯性。上阕的"*寻寻觅觅，冷冷清清，凄凄惨惨戚戚*"，到下阕都化作梧桐细雨，"*到黄昏、点点滴滴*"，直落进人心底。